De Duw

Cor den Dulk

DE DUW

afgeschreven

roman

Uitgeverij Aspekt 2008

De duw

© Cor den Dulk
© 2008 Uitgeverij ASPEKt
Amersfoortsestraat 27, 3769 AD Soesterberg, Nederland
info@uitgeverijaspekt.nl - http://www.uitgeverijaspekt.nl

Omslagontwerp: Aspekt Graphics / Anipa Baitakova
Binnenwerk: Uitgeverij Aspekt Graphics
Druk: Krips b.v. Meppel

ISBN-10:   90-5911-762-X
ISBN-13:   978-90-5911-762-4
NUR: 300

Inhoud

1. New York, 10 september 2001
2. Mont Morgon, 3 juli 1986
3. Nijmegen-Oost, 8 september 2001
4. Amsterdam
5. Amstelveen
6. Mexico en Guatemala
7. Amsterdam – I
8. Amsterdam – II
9-a. Amsterdam/Rome
9-b. Amsterdam/Rome

Alle in dit boek beschreven personen en gebeurtenissen zijn niet op de werkelijkheid gebaseerd. Iedere overeenstemming met bestaande personen berust dan ook op toeval.

1. New York, 10 september 2001

Toen hij het hoogste punt van de *Mont Morgon* bereikt had, zag hij dat twee mensen hem waren voorgegaan. Beiden stonden voorovergebogen en tuurden in de diepte. Ineens zag hij het. Het waren zijn ouders. Hij verstijfde. Hoe kon dat nu? Wat deden zíj hier? Zijn moeder draaide zich langzaam om, keek hem doordringend aan en zei met een gebiedende stem: 'Kom eens hier, Paul. Dit zie je nooit weer!'

Hij liep schoorvoetend naar hen toe. Ze deden beiden voorzichtig een stap achteruit, grepen hem met een snelle tegenbeweging stevig vast en sprongen in een duikvlucht naar beneden. Hij wilde gillen maar kon geen geluid uit zijn keel krijgen. Zijn vader en moeder daarentegen schreeuwden oorverdovend en hartverscheurend. Hun gekrijs veranderde heel geleidelijk in gezang. Ze zongen:

'Wir setzen uns mit Tränen nieder,
Und rufen dir im Grabe zu:
Ruhe sanfte, sanfte Ruh!'

Hij herkende het meteen. Het was het slot van de Mattheuspassion. Hij voelde zich vreselijk bedonderd en probeerde zich los te rukken.

Paul schrok wakker, keek verwonderd op en zag Mireille naakt op zijn bovenbenen zitten. Haar borsten keken hem uitdagend aan. Op de rechterborst stond 21 en op de linker een hartje. Beide in karmijnrood lipstick.

Ineens besefte hij dat hij vandaag jarig was. Onder dat voorwendsel had hij Mireille meegetroond naar New York.

'Je moet je vierdagen vieren,' had hij haar zes weken geleden met een mysterieuze glimlach gezegd. 'We gaan samen naar de Big Apple. Ik trakteer!'

Hij keek langs haar borsten omhoog en probeerde ontspannen te glimlachen. Het kostte hem zichtbaar moeite.

'Hé…honey… wat vrolijker! Gefeliciteerd. Wat lag jij diep te slapen. Ik heb half New York wakker gezongen. Hoorde je niets?' Ze wachtte zijn antwoord niet af, kuste hem op zijn mond en wierp zich met haar voluptueuze lichaam op hem. Na enkele minuten maakte haar mond zich van de zijne los.

'Hoorde je me niet?'

'Nee…,' zei hij aarzelend. 'Ik droomde. Ik dacht dat die geluiden erbij hoorden.'

'Was het een fijne droom?'

'Heerlijk!' loog hij. 'En dit is nog heerlijker!' Hij sloeg snel zijn armen om haar heen, rolde Mireille op haar rug en trok met zijn tong een nat spoor van haar mond tot haar navel. 'Dit is het mooiste cadeau dat ik ooit voor mijn verjaardag gehad heb. Gaan we nu samen van genieten. En dit zijn de heerlijkste Big Apples!' zei hij, haar borsten hartstochtelijk kussend.

Ze waren gisteren geland op JFK-Airport. Daarna waren ze meteen met een taxi naar Manhattan gegaan. Beiden waren overweldigd door de vele indrukken.

'Dit is het! Wauw!' zei Mireille toen ze de eerste keer Broadway opliepen.

Overal onafzienbare rijen auto's en gehaaste mensen met koffiebekers, mobieltjes en tassen. De flikkerende lichtreclames leken de mensen nog eens extra aan te sporen om door te lopen. Boven dit alles verheven de wolkenkrabbers zich als gestileerde kathedralen die naar de hemel wezen.

'Wat een drukte,' zei Paul. 'Ik wist het, maar als je er zelf tussen staat is het toch heel anders. Je zit er meteen helemaal in. Ongelooflijk!'

Door de veelheid van beelden en geluiden was hij even vergeten waarom hij hier was.

Ze zochten tevergeefs een terrasje en gingen tenslotte maar een deli binnen waar de muffins, gebraden kippenpootjes, fruitsalades en cola zich aan hen opdrongen. Ze selecteerden beiden royaal uit de overdaad en veroverden een plekje bij het raam. Mireille sperde hongerig haar mond open, nam een grote hap van haar chocolademuffin en keek met een verstolen blik naar Paul, die voor zich uit zat te staren en zijn cola langzaam opzoog met een rietje. Ogenschijnlijk gedachteloos nam hij het rietje uit zijn mond en beet zacht op zijn onderlip die hij ritmisch heen en weer bewoog. Zijn natte lippen glommen in het neonlicht.

Wat zit die ineens stil en in elkaar gedoken, dacht ze.

'Is er wat? Je ziet er ineens zo afgetrokken uit!'

'Nee, niets.'

'Er is wel iets! Ik zie het aan je!'

'Ach…, ik dacht even aan mijn moeder. Die was de laatste dagen weer zo depri.'

'Ja…, klote! Dat daar helemaal niks aan te doen is. Ze is toch al jaren in therapie!'

'Tja…, het is ook bizar wat zij allemaal heeft meegemaakt. Ze biedt geen enkele opening. Ze wil niks! Dat maakt het allemaal zo hopeloos. Ik snap niet dat ze het volhoudt!'

'Misschien moeten we haar eens meenemen. Wie weet kunnen we de spiraal doorbreken.'

'Ja, dat is een goed idee!' zei hij iets te snel.

Ze meende enige aarzeling in zijn toegeknepen ogen te zien. Wat ging er in hem om? Waarom deed hij ineens zo afstandelijk? Het bleef toch verdomde moeilijk om in de huid van een ander te kruipen, ook al trok je al jaren met elkaar op, dacht ze. Wat zaten mensen toch ingewikkeld in elkaar! Ze moest ineens denken aan haar opa van achtentachtig in het verzorgingstehuis. Elke keer als ze bij hem op bezoek was geweest en hij haar uitwuifde vanaf zijn balkon, wendde hij zijn hoofd even af om – zo interpreteerde zij het – door enkele seconden een andere kant op te kijken weer greep te krijgen op zijn emoties. Iets dergelijks had ze ook gezien bij haar neefje van elf maanden voor wie ze een week had gezorgd, omdat zijn ouders naar een begrafenis in Portugal moesten. Toen haar zus terugkwam en de baby van haar wilde overnemen, wendde het kleintje zijn bolletje ook af.

Ze schreef Pauls gedrag toe aan zijn vele pogingen om zijn moeder uit haar cocon van onverwerkte gevoelens los te maken en at het laatste stukje van haar muffin op.

Ze wist niet dat Paul zich helemaal niet zo onprettig voelde en dat alles wat hij gezegd had, gespeeld was en de opmaat vormde tot wat haar morgenavond stond te wachten. Hij kon haar daarover niets vertellen. Het zou het einde van zijn plannen en hun relatie betekenen en dat was het laatste wat hij wou. Zij was de enige met wie hij zich verbonden wist. Zij bood hem de warmte die hij vanaf zijn vijfde jaar had moeten missen. De akelige dood van zijn vader vijftien jaar geleden en zijn moeders gedrag erna, hadden zijn leven tot een kille reis naar de volwassenheid gemaakt. Mireille had daar enkele jaren geleden verandering in gebracht. Zij had hem weer enigszins leren voelen en de waarde van relaties opnieuw doen ervaren. Een leven zonder haar, kon hij zich bijna niet meer voorstellen. Toch had hij haar geen deelgenoot durven maken van de finesses van zijn vaders dood en helemaal niets durven zeggen over wat hij van plan was met zijn moeder. Ze zou het niet begrijpen. Wie wel eigenlijk? Het was ook te gek voor woorden.

'Laten we maar niet meer aan mijn moeder denken; het helpt nu toch niet,' zei hij. 'Wat zullen we doen? Wat vind je leuk?'

'Ik wil eerst een wolkenkrabber op! Dan weet ik waar ik ben. Dat lijkt platvloers, maar dat is het niet, want het is verrekte hoog!' zei ze lachend om haar eigen woordenspel.

'Zullen we naar het *Empire State Building* gaan of naar het *World Trade Center*?' vroeg Paul.

'Wat was ook alweer het hoogste?'

'Het *WTC*,' zei hij.

'Doen we dat toch. Hoe hoger, hoe mooier!'

Hij zuchtte. Vrijwel zijn hele leven was verpest door de gevolgen van één hoog vergezicht. Uitgerekend nu, terwijl hij bezig was zich aan die gevolgen ervan te ontworstelen, moest hij weer naar zo'n hoog punt. Eigen schuld. Verkeerd gepland, dacht hij. Niets meer aan te doen. We hadden naar de Malediven moeten gaan. Daar heb je geen wolkenkrabbers. Alleen zand, zon en water. Stom!

'Pieker je nog over je moeder?'

'Ach, ja…, ik moet het van me afzetten,' loog hij. 'Laten we maar gauw gaan.'

De metro bracht hen binnen een kwartier onder het *WTC*. Razendsnel bracht de lift hen naar boven. Ze genoten van het uitzicht. Paul volgde een helikopter die naar het Vrijheidsbeeld vloog en Mireille probeerde hun hotel te ontwaren. Een gevoel van voyeurisme bekroop haar toen al die gebouwen de intimiteit van hun daken blootlegden. Ze dacht aan al die mensen die eronder werkten, de liefde bedreven en ruzie maakten. Ver beneden zich zag ze op het dak van een nabijgelegen wolkenkrabber een kind schommelen. Een absurd gezicht.

Ineens verstarde Paul. Een stem in hem zei: 'Stel je voor dat ik haar ineens een zet geef? Zouden ze dan denken dat ík haar naar beneden heb geduwd?'

Hij voelde zich net zo onwezenlijk als hij zich als vijfjarige had gevoeld, toen hij – samen met zijn vader – op de top van de *Mont Morgon* stond. Waar kwam die stem ineens vandaan? Wat gebeurde er met hem? Het was of zijn hersens de regie kwijt waren. Hij wou hier zo snel mogelijk vandaan. Hij keek om zich heen en zag de helikopter terugkeren van het Vrijheidsbeeld. De gele helikopter veranderde plotseling in een grijze Harrier Jet en kwam recht op het *WTC* af. In de cockpit zag hij een bekend gezicht. Ineens zag hij het. Het was Schwarzenegger die hem grijnslachend aankeek. Allerlei vreemde beelden dwarrelden door elkaar. Wanhopig keek hij om zich heen. Waar was Mireille? Plotseling zag hij haar.

'Mireille!' schreeuwde hij met een door angst vertrokken gezicht. 'Ga je mee? Ik moet naar beneden.' Hij vertrouwde zichzelf niet meer en liep snel naar de lift.

'Je denkt weer aan je moeder, hè,' zei ze bezorgd. 'Is het niet?'

'Ja,' zei hij, terwijl de lift naar beneden zoefde. Voordat ze op de begane grond waren, was hij het nare déjà vu en de waandenkbeelden weer kwijt. Hij wiste het zweet van zijn voorhoofd. Hier ga ik nooit meer in, dacht hij. Dit gebouw heeft iets onheilspellends in zich.

'Laten we maar gauw iets leuks gaan doen,' zei hij opgelucht toen ze de lift uitstapten.

Mireille wilde eerst de *Frick Collection* zien en daarna winkelen in de *Trump Tower*. Paul maakte het allemaal niets uit. Hij hoopte zo gauw mogelijk tot zichzelf te komen en liet haar de keus. Als alles volgens plan verliep, zou morgenavond alles voorbij zijn. De *Frick Collection* bevond zich in een statig pand aan het Central Park. Het ademde de sfeer van het begin van de twintigste eeuw. Planten en fonteinen maakten het tot een oase van rust in een stad die uitsluitend bewoond leek door mensen die zich ondergeschikt hadden gemaakt aan de god Chronos, die zijn New Yorkse onderdanen onophoudelijk leek te manen tot spoed.

Goede omgeving om alles weer op een rijtje te krijgen, dacht Paul. Hij probeerde zijn gedachtespinsels kwijt te raken door zich te richten op de vele schilderijen om zich heen. Dat viel niet mee want het was een heel specifieke collectie waar hij niet zo weg van was. Hij hield niet zo van oude meesters. Moderne kunst sprak hem meer aan. Hij was liever meteen naar het *Museum of Modern Art* gegaan. Maar ja, Mireille vond dit prachtig. Ze genoot van de verzameling oude kunst, al vond ze de Poolse Ruiter van Rembrandt tegenvallen. Thomas More van Hans Holbein vond ze daarentegen erg mooi en het werk van Francois Bouçher aandoenlijk. Paul interesseerde het op dit moment allemaal bitter weinig. Hij was blij toen ze naar buiten gingen en opgelucht dat hij al zijn nare gevoelens en vreemde gedachten tussen de oude kunst kon achterlaten. Toch ergens goed voor zo'n museum, dacht hij… maar zei het maar niet.

Na de *Trump Tower* – waar ze zich vergaapten aan al het moois dat daar te koop was – gingen ze Japans eten in een klein restaurantje in East Village. Ze aten sushi's, dronken warme sake en praatten over van alles en nog wat. Mireille vertelde over vroeger. Hij probeerde geïnteresseerd te luisteren, maar zijn gedachten dwaalden telkens af naar wat morgenavond stond te gebeuren.

'We gingen vaak naar de film. Ik heb veel James Bondfilms gezien. Mijn vader vond het altijd gezellig als ik meeging. Mijn moeder vond er niks aan. Zij hield meer van Woody Allen en historische films. Naar Woody Allen gingen we altijd met z'n drieën,' zei ze. 'Die vond ik steeds mooier worden. Vooral toen ik wat ouder werd en ze beter ging snappen.'

Ze keek naar hem en zag dat hij er met zijn gedachten niet bij was. Gek, dacht ze, hij zit toch meer over zijn moeder in dan ik ooit gedacht had. Ineens voelde Paul dat zij hem zat te bekijken. Hij schoot overeind en zei: 'Heb je zin om vanavond naar de film te gaan?'

'Hé, dat is leuk. In New York naar de film.'

Er draait er hier vast wel één die we nog niet gezien hebben,' zei hij glimlachend. In de Village Voice, het gratis uitgaansmagazine, zag hij een lijst met films van de maand september. Hij liep de lijst door, gaf het blad aan Mireille en zei: 'Kies jij er maar één!'

Hij hoopte dat ze *Henry & June* van Philip Kaufman zou kiezen, een film over Anaïs Nins erotische dagboeken over haar driehoeksverhouding met Henry Miller en zijn vrouw June. Hij had in de toelichting gelezen dat de decors uit de dertiger jaren heel bijzonder waren. Bovendien vond hij het interessant dat deze film een aanpassing in het Amerikaanse filmkeuringsysteem had bewerkstelligd: het kenmerk 'X' (porno) werd voor het eerst in deze film vervangen door 'NC-17' (No Childeren under 17).

Helaas koos ze voor een sentimenteel wangedrocht dat ze al eens eerder gezien had: *Out of Africa* met Meryl Streep en Robert Redford. Hij zei maar niets. Daar ging hij zich nu niet druk om maken. Ze moesten toch de tijd doden. Als zij dit mooi vond: prima!

Zij genoot van het spel van Meryl Streep; hij van Mireille. Ze lag met haar hoofd tegen het zijne aan geboeid te kijken naar de mooie opnames. Hij vond de film één en al fondant, maar zei dat niet. Af en toe kneep ze hem zacht in de arm en dat was niet alleen wanneer Robert Redford in beeld was. Hij dacht ineens aan zijn moeder. Wat konden vrouwen toch verschillen! Zijn moeder: dik, afgeleefd, afstandelijk, depressief en nog één dag te leven (als alles tenminste ging zoals hij het gepland had); Mireille: goed geproportioneerd, sprankelend, aanhankelijk en nog een heel leven voor zich. Wat had hij geboft met haar!

De volgende dag voeren ze langs het Vrijheidsbeeld, dronken cappuccino in Little Italy en gingen met de bus van Madison Avenue naar de cloisters van het *Metropolitan Museum of Art*. Vanaf het terras hadden ze een prachtig uitzicht op de Hudson. Ze genoten zo van alles om hen heen, dat ze bijna vergaten dat ze hiernaartoe waren gegaan om twee wereldberoemde getijdenboeken te bekijken van de gebroeders Van Limburg. Mireille had tijdens haar studie kunstgeschiedenis een werkstuk gemaakt over de schilderkunst in de middeleeuwen. Ze was zich toen bewust geworden hoe groot de betekenis van deze drie Nijmeegse broers was geweest voor de schilderkunst in de vijftiende eeuw. Bovendien vond ze hun werk heel mooi van kleur en compositie. Ze had honderden kleurenfoto's, dia's en video's gezien, maar wilde, nu ze hier toch waren, de door haar bewonderde kunstwerken ook in het echt zien. Na twee uur miniaturen kijken, gingen ze op het terras aan de gekoelde cola om bij te komen van de vele indrukken.

'Zo, dat was het dan!' zei Paul niet bijster enthousiast.

'Nou, ik vond het te gek! Ik had niet verwacht dat ik het zó mooi zou vinden. Vooral dat blauw en dat bladgoud!' reageerde Mireille, die eigenlijk helemaal niet hield van goud. Gouden sieraden en andere gouden frutsels vond ze eigenlijk maar niets.

'Je hebt best wel een bekakte smaak,' plaagde hij. 'Dat kobaltblauw dat jij zo mooi vindt, was wel één van de duurste kleuren in die tijd en bladgoud helemaal.'

'Ik ben ook niet goedkoop. Wie mij wil trouwen, moet heel wat meebrengen!'

'Wil je wel trouwen dan?'

'Hier wel!' zei ze.

'Dan moet je eerst nog een geschikt iemand vinden.'

'Als ik niemand vind, neem ik jou wel,' zei ze lachend en vlijde zich tegen hem aan. Komisch, dacht ze, dat een relatie die zo losjes was begonnen, best nog eens kon uitlopen op zoiets als een huwelijk. Liefde op het eerste gezicht was misschien helemaal niet zo vanzelfsprekend als vaak werd gesuggereerd. Ze moest ineens denken aan al die gearrangeerde huwelijken tussen moslimjongeren. Misschien ging het daar wel net zo: elkaar leren kennen, wennen en er samen wat van proberen te maken. Kennelijk kon zo óók iets duurzaams ontstaan. Een hoofddoekje of een burka zou gelukkig niet hoeven van Paul. Die had het liefst dat ze helemaal niets om had. Ze schoot spontaan in de lach.

'Waarom lach je?' vroeg hij.

'Ach,' ik moest denken aan het uithuwelijken van moslimvrouwen.'

'Daar valt anders weinig om te lachen.'

'Als je die hoofddoekjes wegdenkt, wordt het al een stuk leuker,' zei ze cryptisch.

Hij begreep er niets van, maar had geen zin om door te vragen. Hij had andere dingen aan zijn hoofd. Zou alles vandaag wel gaan zoals hij het beraamd had? Ze zouden het snel merken.

's Middags om vijf uur zaten ze al in de befaamde *2nd Ave. Deli*. Paul had vroeg gereserveerd omdat hij 's avonds op tijd in hun hotel wilde zijn. Hij hoopte op een belangrijk telefoontje uit Nijmegen. Tegen Mireille had hij gezegd dat hij moe was en vroeg naar bed wilde. Ze bestelden gestoomde kip, de specialiteit van het huis, en toastten op de toekomst.

'Dat je hier in New York maar echt volwassen mag worden, honey!' zei ze met een spottende blik in haar ogen en hief haar glas nogmaals. 'Eenentwintig! Je mag eindelijk buschauffeur worden. Echt volwassen. Nu ben je pas echt eigen baas!' Paul veerde op. Vermoedde ze iets of was het een toevallige opmerking. Haar gezicht was één en al onschuld. Het zal wel toeval zijn, dacht hij. Maar het was wel even schrikken.

'Heerlijk!' zei Paul. 'Wat zal ik ervan genieten,' en hij dacht aan zijn moeder die nu, elf uur Nederlandse tijd, haar portie pillen wel zou hebben doorgeslikt.

'Proost!' zei hij met een mysterieuze glimlach om zijn lippen, terwijl hij zijn glas tegen het hare tikte.

Hij is zijn moeder gelukkig weer even vergeten, dacht Mireille opgelucht. Toch lief dat hij geregeld aan haar dacht.

Toen ze om zeven uur de sleutel haalden bij de receptie van hun hotel, lag er een memo voor Paul. Hij moest meteen contact opnemen met 'Doctor Johnson' uit Nederland. Hij belde het privé-nummer van dokter Jansen en hoorde dat er iets ernstigs met zijn moeder gebeurd was. Hij keek verschrikt om zich heen, zocht een stoel, ging zitten en luisterde gespannen. Dokter Jansen vertelde hem dat zijn moeder plotseling was overleden. Paul sloeg zijn handen voor zijn ogen, boog zich voorover, steunde zijn ellebogen op zijn knieën en zei herhaaldelijk:

'Nee, hè! Oh…, nee, hè!'

'Wat is er gebeurd?' vroeg Mireille geschrokken. Hij vertelde hortend en stotend wat hij gehoord had.

'Goh, wat vreselijk,' zei ze en sloeg haar armen om zijn nek.

'Ja,' zei hij, half versuft door het verwachte nieuws.

'Wat erg. Je bent er helemaal niet bij geweest.'

'Tja…dat is klote,' zei hij langzaam, terwijl hij dacht, dat dát nu net de bedoeling van deze reis was geweest. Hij werd zich ineens bewust dat hij onbedoeld bezig was een muur tussen zichzelf en Mireille op te trekken. Het was alsof zijn moeder zonet het estafettestokje van zestien jaar afstand houden aan hem had doorgegeven om daarmee Mireille buiten het parcours te plaatsen. Het was alsof het verleden probeerde, zich zijn heden toe te eigenen om daarmee zijn toekomst te blokkeren. Hij wilde daar niet aan denken, haalde diep adem en besloot tot actie. Vlug naar huis en alles zo snel mogelijk afhandelen.

Ze pakten alles in een mum van tijd in, reden met een taxi naar JFK-Airport en namen het eerste vliegtuig dat ze krijgen konden. Op Schiphol belde hij zijn buren om te zeggen, dat ze over ongeveer anderhalf uur in Nijmegen zouden zijn. Je wist maar nooit, dacht hij, wat wel of niet wenselijk was in zo'n geval. Nu werden zij ook medeverantwoordelijk voor de verdere gang van zaken. Het was tegen drieën toen ze met een taxi over de Waalbrug Nijmegen binnenreden. Paul telde zes binnenschepen die met moeite hun vracht naar Duitsland duwden en twee die snel stroomafwaarts voeren richting Rotterdam. Hij hoopte dat de komende dagen voor hem ook snel zouden gaan. Er zou veel te regelen zijn. Hij was nu, door eigen toedoen, een hele wees, dacht hij ironisch. Alles kwam op hem alleen neer.

Toen ze voor zijn huis stopten, zag hij aan het blauwe geflikker door de ramen dat de tv in de woonkamer aanstond. Hij was stomverbaasd. Hoe kon dat nou? Wie ging er nu tv kijken naast een lijk. Ineens moest hij denken aan Annie MG Schmidt die aan haar vaders sterfbed een gedicht had geschreven voor *Het Parool*. Als dát kon, was tv-kijken natuurlijk ook mogelijk. Hij vond het echter een vreemd voorteken. Ze stapten haastig het huis binnen en zagen drie mensen met de rug naar de deur staan. Het drietal stond aan de grond genageld tv te kijken. Hij herkende aan de posturen zijn huisarts en de buren. Ze hadden hen niet binnen horen komen. Paul probeerde te zien waar ze naar keken. Ineens zag hij het. Het waren filmopnamen van New York. De torens van het WTC temidden van veel rook en vuur. Een man in driedelig kostuum, helemaal witgrijs van het stof, wandelde keurig met zijn aktetas in de hand als een zombie het WTC uit. Anderen renden en schreeuwden. Paul versteende. Wat gebeurde daar? Plotseling zag hij mensen van grote hoogte naar beneden vallen. De camera's volgden hen verdiepingen lang. Het was een luguber gezicht. Hij dacht aan eergisteren toen hij en Mireille op het *WTC* stonden en aan zijn vader die van de *Mont Morgon* naar beneden was gevallen. Een moment dacht hij dat al die mensen naar beneden geduwd waren. Toen begreep hij het. Ze waren uit paniek uit de vuurzee naar beneden gesprongen. Wat was er gebeurd? Hij voelde dezelfde angst als eergisteren opkomen toen hij het *WTC* uitvluchtte. Verleden en heden liepen helemaal door elkaar heen. Het voelde alsof hij gek werd. Wat was dit voor een wereld? Zijn moeder lag hier ergens dood. Bijna waren hij en Mireille er ook niet meer geweest. Puur toeval dat het niet zo was. Als zij niet op 9/9 maar op 11/9 het *WTC* hadden bezocht, waren zij nu alledrie aan het hemelen. Absurd! Je kunt plannen wat je wilt, maar zulke toevalligheden heb je niet in de hand, dacht hij. Hij slaakte een zucht van verlichting. Alles was kantje boord volgens plan gegaan.

Het drietal merkte hen op en kwam geschrokken op Paul en Mireille af.

'Een vreselijk drama in New York. De hele wereld staat op tilt. Sorry, we hebben jullie niet gehoord! Het lijkt wel een rampenfilm. Vreselijk. En nu jullie…je moeder is vannacht overleden. Gecondoleerd! Vreselijk allemaal,' zei dokter Jansen en gaf beiden een koude hand. De buren sloegen hun armen om beiden heen en condoleerden hen.

'Ze is,' zei dokter Jansen, 'gistermorgen overleden aan een veel te hoge dosis medicijnen. Bloed- en maagonderzoek hebben dat uitgewezen. Ze zag het kennelijk niet meer zitten en heeft een einde aan haar leven gemaakt.'

'Dan heb je toch iets voelen aankomen,' zei Mireille zachtjes tegen Paul. Hij knikte geschrokken en ging met zijn hoofd in zijn handen aan tafel zitten. Zij ging achter hem staan en masseerde zachtjes zijn nek, die verscholen was achter zijn lange blonde krullen.

Het stoffelijk overschot van zijn moeder was niet meer in huis, maar was overgebracht naar het Canisiusziekenhuis. Hij wilde meteen naar haar toe. Mireille vroeg of hij het prettig vond als ze meeging. Hij ging echter liever alleen. Morgen zouden ze samen kunnen gaan. Ze kon dat begrijpen. Zo'n band had zij ook niet gehad met haar. Omdat het een onnatuurlijke dood betrof moest hij, samen met een GGD-arts en een politieagent, naar het ziekenhuis voor de vereiste confrontatie. Een medewerkster van het mortuarium bracht hen naar een kamertje waar zijn moeder opgebaard lag op een brancard. Haar armen lagen netjes gevouwen op een wit laken dat vanonder haar oksels haar lichaam bedekte. Hij boog zich over haar heen en bekeek het gezicht nauwkeurig. Haar ogen waren gesloten. Ze straalde een tevredenheid uit die hij zich van de laatste zestien jaar niet kon herinneren. Het leven had haar gezicht getekend. Brede groeven liepen over haar wangen en dikke kwabben hingen aan weerszijden van haar kin. Als je goed keek, dacht hij, kon je zien dat het vroeger een mooie vrouw was geweest. Hij kon het zich niet meer herinneren, maar wist van foto's dat het wel zo geweest was. Hij keek naar de contouren van haar brede onderlijf. Daar was hij ontstaan. Negen maanden voor zijn geboorte had zij al voor hem gezorgd. Hij zag de welvingen van haar borsten onder het laken. Daar was hij bijna een half jaar lang door gevoed. Zij was niet meer. Waarom was alles gebeurd zoals het gebeurd was? Wat was háár rol in dit alles geweest? Wat was zíjn rol erin geweest? Hij boog zich verder voorover en legde zijn hoofd tegen haar rechterwang. Het was meer dan vijftien jaar geleden dat hij voor het laatst haar wangen gevoeld had. Hij was toen vijf jaar oud. Ze kampeerden in de Franse Alpen en hij ging met zijn vader de *Mont Morgon* beklimmen. Zij zat met een dik boek voor haar tent. Hij zag

21

het allemaal tot in details voor zich en hoorde haar nog heel duidelijk zeggen: 'Kijk goed uit allebei!' Dat was de laatste keer dat ze tot hun beiden gesproken had.

Hij drukte en kus op haar voorhoofd, dacht aan al die vallende mensen van het WTC en ging terug naar Mireille.

Paul besloot tot een sobere begrafenis. Slechts enkele vrienden en familieleden werden door hem uitgenodigd. Hij kon zijn emoties, die in het ziekenhuis even opwelden, gemakkelijk onderdrukken door het gevoel van ultieme vrijheid erover te laten zegevieren. Een bevriende ex-priester leidde de uitvaartdienst en ontnam op een weinig subtiele wijze elke hoop op een hiernamaals door het voortleven in de herinnering als centraal thema te nemen. De enigen die nog omhoog durfden te wijzen, waren een paar oude coniferen die de begraafplaats afscheidden van de straat. Ruim voordat de kist naar beneden daalde, had Mireille zijn rechterhand gegrepen. Ze hield hem stevig vast en legde haar hoofd tegen zijn schouder.

Wat hadden sommige mensen het in hun leven toch zwaar te verduren, dacht ze. Waar had hij dat toch allemaal aan verdiend?

Paul voelde hoe alle ogen op hen waren gericht. Hij sloeg zijn rechterarm om Mireilles middel, keek peinzend naar de kist en dacht aan de begrafenis van zijn vader, vijftien jaar geleden. Toen had hij de hand van zijn moeder gepakt om greep te houden op zijn toekomst.

Die toekomst was nu heden geworden.

2. Mont Morgon, 3 juli 1986

Franse Alpen, 3 juli 1986, half negen.

Op een klein veldje, nabij het uit acht oude huizen bestaande gehucht Chanteloube, kroop de vijfjarige Paul uit zijn éénpersoonstent. Hij ging rechtovereind staan, graaide met beide handen in zijn zwembroek en plaste met een grote gele boog in de blauwpaarse lavendel naast zijn tent. Hij probeerde met zijn straal zoveel mogelijk vliegen, wespen en mieren te raken en kwam tot een totaal van zeven stuks. Vijf spartelden hevig tegen. Twee waren meteen dood. Met een voldaan gezicht keek hij naar de top van de *Mont Morgon*, die boven een lange sliert nevel uitstak en dacht: Als je daar vanaf valt, ben je hartstikke dood! Nog dooier dan die vliegen die ik net doodgepiest heb. Hij zag zichzelf - samen met zijn vader – bovenop de berg staan en fantaseerde wat hij daar allemaal zou zien. Allerlei vragen borrelden bij hem op: Zou ik hoogtevrees krijgen? Zou papa bang zijn? Stel je voor dat ik hem ineens een zet geef? Zouden ze dan denken dat ík hem naar beneden heb geduwd? Hij schrok van zijn eigen gedachten, keerde zich abrupt om en liep naar de tent van zijn ouders.

Hij had zijn vader al vaak gevraagd om samen met hem de hoge berg te beklimmen. Elke keer weer werd het op de lange baan geschoven. Het leven van zijn ouders bestond geheel uit lezen, drinken, roken, praten, slapen en vrijen. Een enkele keer klauterden ze een paar honderd meter naar beneden om een duik in het meer te nemen. Vervolgens klommen ze weer omhoog en gingen verder met waar ze voor het zwemmen gebleven waren.

Zij hadden weinig zin om de *Mont Morgon* te beklimmen. Niet dat het gevaarlijk of zwaar was; het eerste stuk deed je met de auto en het laatste stuk naar de top bestond uit een steil pad dat redelijk begaanbaar was. Voor veel vakantiegangers was het een 'must'. Voor Pauls ouders totaal niet. Zijn moeder had een hekel aan lopen, laat staan klimmen. Zijn vader had door reacties als: 'Eerst eens bijkomen' en Nu nog niet!' laten doorschemeren er niet geheel afwijzend tegenover te staan. Vandaag, dacht Paul, zouden ze misschien gaan. Hij raapte resoluut een paar dennenappels van de grond en gooide die op de tent van zijn vader en moeder. De tent van Paul en die van zijn ouders, waren de enige die op het door rotsen en dennen omgeven weitje stonden. De grond eromheen lag bezaaid met naalden en dennenappels. Hij gooide de ene na de andere en wist niet van ophouden. Zijn ouders gaven echter geen teken van leven. Paul veranderde van strategie. Hij maakte één van de scheerlijnen van hun tent los en liet de voorste tentstok naar binnen vallen.

'Wil je godverdergodver ophouden? Ga spelen!' klonk een hese, zware mannenstem vanuit de half ingezakte tent. De Franse wijn uit de vrijwel lege jerrycan naast de tent had zijn sporen in de stem duidelijk nagelaten.

'Gaan we vandaag de *Morgon* beklimmen?' vroeg Paul.

'Misschien…, als je voorlopig tenminste je kop houdt!' riep de slaperige stem.

Het antwoord was vrijwel gelijk aan de reacties in de voorafgaande dagen. Paul had niet anders verwacht. Zijn vader en moeder hadden er een gloeiende hekel aan om zich 's morgens vroeg al tot iets te verplichten. Ze vonden het al erg genoeg dat er elke dag vers stokbrood en drinkwater gehaald moest worden in het nabijgelegen dorpje Chorges. Voorlopig zouden ze hun tent nog niet uitkomen. Eerst zouden ze hun roes uitslapen en daarna de liefde bedrijven, want 's avonds waren ze door hun gestructureerde wijze van wijninname tot niets meer in staat. Paul voelde zich tijdens hun duidelijk hoorbare vrijpartijen vaak buitengesloten. Zíj hadden elkaar en híj had hier niemand om mee te spelen, dacht hij vaak. Thuis in Nijmegen was veel meer te doen. Daar had je tenminste andere kinderen, een speeltuin en tv. Toen zijn ouders enkele dagen geleden tijdens hun liefdesspel erg luidruchtig en langdurig in elkaar opgingen, had Paul het gewaagd om zijn hoofd in hun tent te steken en te vragen of ze misschien hulp nodig hadden. Het gegrom van zijn vader maakte hem duidelijk dat hij dergelijke grapjes beter achterwege kon laten. Er waren kennelijk grenzen. Die moest je niet overschrijden. Ook niet bij progressieve Nijmeegse ouders.

Paul pakte een stripboek en ging languit voor zijn tent liggen. Straks zouden ze weer naar Chorges gaan. Daar zou hij opnieuw een poging wagen. Eens moest het er toch van komen. Om de paar dagen, wanneer de jerrycan leeggedronken was, ging hij met zijn vader bij een wijnboer een nieuwe voorraad halen. Vandaag was het weer zover want de jerrycan was zo goed als leeg. Voordat ze de oude boerderij binnen zouden gaan, moesten ze langs een oude geit aan een lang touw. Elke dag graasde de geit een nieuwe cirkel in het gras. Een eng beest, vond hij het. Altijd zo opdringerig met die kop. Ze kon hem met die grote, bolle ogen aankijken alsof ze hem van top tot teen stond op te nemen. Net juf Karin van groep drie. Hij liep er altijd snel langs en duwde haar, als ze te dicht bij kwam, snel van zich af. Moest bij juf Karin eigenlijk ook kunnen, dacht hij. Daarna zouden ze, achter de boer aanlopend, de grote stenen trap afdalen naar de donkere kelders onder de boerderij. Er hing daar een geheimzinnige sfeer en een kille, zure lucht. De grote, eikenhouten wijnvaten aan weerszijden van de nauwe doorgang torenden hoog boven hem uit. De wijnboer vulde voor dertig francs de jerrycan tot aan de rand toe vol. Eén keer had hij zijn vader daarbij zachtjes horen mompelen dat het voor zo'n klein bedrag onvergeeflijk zou zijn om de hele dag nuchter te blijven. Het leek wel een excuus voor zijn voortdurende staat van lichte dronkenschap. Na de wijnboer gingen ze altijd naar het dorpje Chorges en haalden stokbroden en croissantjes bij de bakker. Daarna gingen ze naar een winkel met *Alimentation* op de verweerde voorgevel en kochten er fruit, kaas en andere benodigdheden. Twee in het zwart geklede, oude dametjes begroetten hen dan al van verre met 'bonjour messieurs' en hielden hen vanaf dat moment nauwlettend in de gaten. Als ze alles gekocht hadden, gingen ze op het terras van *Chez Mimi*, het dorpscafé, zitten. Paul nam meestal een cola. Zijn vader bestelde steevast een grande espresso met een cognacje. Wanneer hij, zoals gewoonlijk, een Gauloise zou opsteken, zou Paul hem vragen om deze dag de *Morgon* te beklimmen. Hij nam zich voor om vol te houden tot hij zijn zin kreeg. Hij sloeg zijn boek open, nam de plaatjes goed in zich op en las de bijbehorende teksten in de ballonnetjes woord voor woord. Knap van de tekenaar die de ballonnetjes het eerst bedacht had om tekeningen met elkaar te laten praten, dacht hij, toen hij het boek uit had en terugbladerde. Hij had zichzelf lezen geleerd toen hij bijna vijf was. De buitenlandse tv-films met onderschriften waren de belangrijkste motivatie geweest om het zichzelf te leren. Daarbij kwam dat zijn vader en moeder ook altijd met boeken en tijdschriften voor zich zaten. Door hun tevreden gezichtsuitdrukking tijdens het lezen en de altijd aanwezige wijn, sigaretten, nootjes en chips, leek lezen hem op jonge leeftijd al erg leuk. Veel moeite had het hem niet gekost. Een oud geïllustreerd schoolboekje met de woorden boom, roos, vis en vuur en de erbij staande plaatjes waren voor hem genoeg geweest om het principe door te krijgen. De onderschriften op de tv voerden zijn leestempo snel op. Zijn vader en moeder vonden het niets bijzonders. Zij hadden ook zonder enige inspanning hun scholen doorlopen en respectievelijk afgerond met een doctorstitel in de sociologie en een doctoraal examen culturele antropologie. Alhoewel zijn moeder niet gepromoveerd was en niet zoals zijn vader op de universiteit werkte, maar verkoopster was in een grote boekenzaak in het centrum van Nijmegen, was zij de intelligentste van beiden. Ze was echter slim genoeg om dat niet te laten merken. Ze had bijtijds doorgehad dat erg intelligente vrouwen, ook in progressieve kringen, hun kansen op een vaste relatie sterk verkleinen als ze hun superioriteit op dit specifieke gebied zouden laten blijken. In plaats van oordelen te vellen, stelde zij dan ook meestal de vragen; vooral vragen naar verbanden. Mannen voelden zich meestal erg prettig bij deze luisterende en vragende opstelling. Ze hadden niet door dat de conclusies die zij tijdens de gesprekken trokken, op basis van de door haar gestelde vragen, al vaak door haar waren voorzien. Ze genoot van dit spel en wist dat Pauls begaafdheid in sterke mate genetisch bepaald was en dat zij daarin vermoedelijk een belangrijke factor was geweest. Zij had op haar beurt, daar was ze stellig van overtuigd, haar hoge intelligentie weer van haar moeder geërfd. Ze stond soms perplex van de vele overeenkomsten die er waren tussen de manier van doen tussen Paul en zijn grootmoeder die al acht jaar dood was. De manier waarop hij zijn hoofd en schouders hield als hij dingen om zich heen observeerde en andere kleine gewoonten, deden haar vaak denken aan haar moeder en vond ze een opmerkelijk staaltje van de natuur. Alhoewel ze zijn hoge intelligentie niet onbelangrijk vond, besefte ze maar al te goed dat intelligentie maar één van de vele bepalende factoren van het menselijk gedrag is. Hoogbegaafdheid zag ze niet automatisch gekoppeld aan succes en geluk. Daarvoor had ze zowel op het gymnasium als tijdens haar studie aan de Nijmeegse Universiteit te veel hoogbegaafden de vernieling in zien gaan.

Hij had drie stripboeken uitgelezen en met veel moeite een nest met jonge, nog blinde muizen onder zijn grondzeil uitgegraven. Toen hij de muisjes bezig was te verdrinken in een emmertje met afwaswater, zag hij zijn vader en moeder uit hun tent kruipen. Beiden staken een Gauloise op, een merk dat ze alleen in Frankrijk vonden smaken, en keken naar Paul die zijn handen afdroogde aan zijn T-shirt.

'Wat doe je?' vroeg zijn vader.

'Ik heb wat liggen lezen en muizen opgeruimd.'

'Oh!' zei z'n vader weinig geïnteresseerd.

'Getver!' riep zijn moeder met walging uit. 'Die beesten drijven allemaal in de afwas. Ruim die troep meteen op!'

Hij en zijn vader moesten beiden lachen om haar reactie. Paul gooide de muizen één voor één zo ver als hij kon tussen de lavendel achter zijn tent. Zijn moeder keek met een gezicht vol afschuw naar haar zoon, wendde zich van hem af en liep naar een grote jerrycan met water die in de schaduw stond van een kleine kruipden achter hun tent. Ze stond halverwege plotseling stil, keerde zich om en zei: 'Waarom heb je ze eigenlijk doodgemaakt?'

'Ze lagen onder mijn grondzeil!'

'Daar had je toch geen last van?'

'Die grote muis kroop aldoor heen en weer onder het zeil. Toen heb ik hem een klap gegeven met mijn schoen. Hij was meteen dood. Die jonkies heb ik toen verdronken. Wat had ik anders moeten doen?'

'Misschien had mama ze willen voeren tot ze groot zijn,' zei zijn vader met een vrolijke grijns op zijn gezicht. 'Een muis is volgens haar een nog niet geëvolueerd mens. Respect jongen, respect voor de 'bijna-mensjes!'

'Get, hou' op jullie. Ik vind dit helemaal niet leuk.'

Ze liep weer naar de jerrycan, schonk water in een pannetje en zette het op een brandertje. Twee kopjes, een paar scheppen instantkoffie, heet water en zijn ouders hadden hun koffie. Het was behelpen, maar de decaliter wijn die straks gehaald zou worden, zou de rest van de dag weer goed maken. Althans, dat dachten beiden. Paul lustte geen koffie en nam een beker appelsap uit één van de pakken die tussen zijn binnen- en buitentent lagen.

Wat een gezeik om niets, dacht hij.

Wat bezielt zo'n kind, vroeg zijn moeder zich af.

Dat belooft vandaag niet veel goeds, dacht zijn vader, die na een avond met veel alcohol en meer dan tien uur slaap, de dag erna nogal eens hypochrondisch placht te beginnen. Niet normaal zo'n woordenstroom op de vroege morgen. 's Morgens vroeg zeiden ze nooit veel tegen elkaar. Ze slurpten daarentegen alledrie om het hardst. Toen zijn vader zijn koffie ophad, zei hij:

'Ik ga naar het dorp. Wie gaat er mee?'

'Ik,' zei Paul. Hij trok snel een kam door zijn blonde krullen, deed zijn Micky Mouse-zonnebril op en ging naast zijn vader in de lelijke eend zitten. Elke ochtend ging hij mee in de oude deux-chevaux. Niet om het croissantje, maar omdat hij ook wel eens wat afwisseling wilde in het monotone bestaan van enig kind tussen twee kamperende volwassenen. Vandaag wilde hij echter iets heel specifieks: zijn vader zover krijgen dat ze samen de *Mont Morgon* zouden beklimmen.

Zijn moeder bleef, zoals meestal, alleen bij beide tenten achter. Ze stak nog een sigaret op, keek over het meer en dacht aan haar kind, dat zonder blijk van emotie een nest jonge muizen had verdronken en weggesmeten. Dat haar Paul zoiets deed! Onbegrijpelijk. Was dit nu die lieve baby van vroeger? Ze zag zijn korte leven als een film aan zich voorbij trekken. Ze was vijfentwintig toen hij geboren werd. Hij was geen product van family-planning, maar het resultaat van een weekend zonder condooms. Ze hadden destijds met een bevriend stel een huis gehuurd op Terschelling om even studie en stad te ontvluchten. Ze genoten er van de zee, de zon, de wijn en elkaar. Toen ze een week overtijd was, wist ze vrijwel zeker dat ze in verwachting was. Ze ging alleen maar naar de huisarts om daarin bevestigd te worden. De volgende dag hoorde ze dat ze inderdaad zwanger was. Ze kocht een mooie bos bloemen, reed naar het studentenhuis van haar vriend en feliciteerde hem met zijn aanstaande kind. Hij was verbaasd, lachte even zenuwachtig, sloeg vervolgens zijn armen om haar heen en kuste haar stevig op de mond. Ze had een dergelijke reactie verwacht, maar was toch blij dat hij zo reageerde.

'Dat hebben we samen toch maar mooi gemaakt. Ik hoop dat ze op jou lijkt!' reageerde hij.

'Ze…wie zegt dat het een ze is?' zei ze met een brede lach.

'Ik dacht aan jou. Toen zag ik meteen een meisje voor me.'

'We zullen nog wel zien wat het wordt. Misschien worden het wel twee jongetjes.'

Met een gezellig etentje in de benedenstad vierden ze dezelfde avond nog het prille begin van hun eerste kind. Ze gingen snel op zoek naar een geschikte woonruimte. Uiteindelijk vonden ze een grote zolder in het centrum. Ze konden deze krijgen door ruiling met een jong stel dat uit elkaar ging. De ruimte was door een houten wand in tweeën gedeeld. Het achterste deel werd baby- en ouderslaapkamer en het voorste deel studeer- en eetkamer. Vier maanden na het betrekken van de woning werd Paul geboren. Beiden vergaapten zich aan het kleine wonder. Ze wisten dat er ruim vijf miljard mensen op de wereld waren die allemaal baby waren geweest, maar toen ze hun kindje geboren zagen worden, waren beiden diep onder de indruk van het mysterie dat hun ten deel was gevallen. Wat hadden ze samen genoten van die periode. Hij lag soms uren tussen hen in op bed. Ze speelden met zijn vingertjes, spraken met hem alsof hij alles verstond en bekeken elk detail van zijn lichaampje alsof ze het samen millimeter voor millimeter geboetseerd hadden. Na enkele maanden pakten ze met moeite hun studie weer op en zorgden om beurten voor Paul. Toen ze beiden afgestudeerd waren en een baan gevonden hadden, kochten ze een huis in Nijmegen-Oost en brachten Paul drie dagen in de week naar een werkstudente die de zorg voor haar eigen baby uitgebreid had tot een gastouderschap voor vier kinderen. De overige dagen verzorgden zij hem samen of beurtelings. Paul genoot van het contact met de andere kinderen in de opvang en ontwikkelde zich tot een innemend en pienter baasje. Hij was geen doorsneekind. Dat besefte zijn moeder donders goed. Hij was eigenlijk nooit zo gewoon als andere kinderen geweest. Hij was niet alleen slim, maar ook beschouwend. Toen hij pas geboren was, kon hij haar al met zijn grote, blauwe ogen aankijken alsof hij haar intimideren wilde. In de trein wendden mensen soms hun hoofd af, als hij zijn ogen onafgebroken op hen gericht hield. De eerste tijd weet ze haar oordeel aan haar vooringenomenheid van trotse moeder. Al snel kreeg ze echter door dat hij toch wel bijzonder was. Hoe kon het ook anders met zulke ouders, dacht ze meer relativerend dan serieus. Hij kon al heel snel moeilijke puzzels oplossen en zeer gericht kijken naar de tv en prentenboeken. Voor zijn eerste verjaardag begreep hij al veel woorden en kon er diverse zeggen. Op tweejarige leeftijd verbaasde hij menigeen met zijn snelheid van begrip, zijn onophoudelijk vragen naar het hoe en waarom, zijn uitstekende geheugen en grote verbale vermogen. Hij was van meet af aan een bijzonder kind geweest, maar het doden van die muizen vanmorgen was een manier van speciaal zijn die haar beangstigde.

Paul en zijn vader hadden boodschappen gedaan in Chorges en gingen bij *Chez Mimi* op het terras zitten. Mimi, de circa zeventigjarige eigenares van het café, zat in haar immer zwart gebloemde jurk met haar kin op de borst en de armen over elkaar in de ochtendzon te dutten. Een kleindochter van haar, nam de bestelling op en keek tersluiks naar een paar Franse tienerjongens die met knetterende bromfietsen rondjes reden op het pleintje voor het terras. Zijn vader bestelde wat hij elke ochtend gewoon was en de jonge Française liep heupwiegend naar binnen om snel weer terug te komen met de espresso, cognac en cola. Ze lachte ingehouden naar de jongens die nog steeds rondjes draaiden voor het café. Paul hield zijn vader nauwlettend in de gaten.

Toen zijn vader een slok cognac gedronken had en een Gauloise opstak, zei hij: 'Pap, het is nu goed weer om te klimmen. Zullen we straks de *Morgon* opgaan?'

'Hmmm…Vandaag nog niet. Morgen misschien.'

'Dat zeg je morgen weer,' zei Paul. 'Zo komt er nooit wat van!'

Zijn vader kreeg genoeg van het dagelijkse gezeur, dacht even na en besloot ten slotte dat hij beter kon toegeven dan weer uitstellen. Anders werd de rest van zijn vakantie nog verpest door die steeds openstaande verplichting. Hij zei, na het uitblazen van een grote rookwolk, en met een lichte grijns op zijn gezicht:

'Je geeft het niet op. Je bent een echte doorzetter. Dat mag ik wel. Laten we vandaag dan maar gaan!'

Paul praatte op de terugweg honderduit. Zijn vader keek glimlachend vanuit de ooghoeken naar zijn zoon. Het was net alsof het besluit om de *Morgon* te beklimmen bij Paul extra energie had opgewekt die door praten een uitweg zocht.

'Waarom eten ze hier alleen maar stokbrood,' vroeg Paul.

'Tja, dat hebben ze altijd al gedaan,' zei zijn vader, niet zo gauw een beter antwoord wetend.

'De koeien hier hebben allemaal bruine vlekken en geen zwarte? Hoe komt dat?' vervolgde hij.

'Ik zou het niet weten. Zo is het nu eenmaal. Bij ons heb je zwartwitte koeien en hier bruinwitte. Waarom dat zo is, weet ik ook niet,' zei hij terwijl hij met zijn voorwielen een grote kei probeerde te ontwijken. 'Ik weet veel, maar niet alles. Toch maar blijven vragen. Van vragen word je wijs,' zei hij, terwijl hij om zijn eigen, flauwe reactie moest grinniken.

Toen ze terug waren bij hun tenten, pakten ze de boodschappen uit de auto en deden croissantjes, drinken en zonnebrandcrème in hun rugzakken. Ze plasten beiden nog even in de lavendel, gaven zijn moeder een kus en hobbelden met de lelijke eend naar het begin van de klimroute van de *Mont Morgon*. Zijn moeder snapte niet waar ze zin in hadden. Ze keek hen met een boek van Simone de Beauvoir in de hand na en riep: 'Kijk goed uit allebei!'

Terwijl Paul en zijn vader op het heetst van de dag over een holle weg naar de *Morgon* reden, zat zij alweer in het dertiende-eeuwse Italië, in de stad Carmona waar op het marktplein een schavot stond opgesteld en een paar keer per maand een hoofd over de keien rolde. Terwijl ze dit op zich in liet werken, schrok ze op. Hoorde ze iets of was het verbeelding? Ze stond op, keek behoedzaam om zich heen en tastte met haar gehoor de gehele omgeving af. Ze zag niets bijzonders, ging weer zitten en sloeg haar boek open om verder te lezen over de Italiaanse vorst Fosca die de wereld naar zijn hand wilde zetten. Een unheimisch gevoel had zich echter van haar meester gemaakt. Was de onthoofding de oorzaak? Had ze toch iets vreemds gehoord of was het iets anders?

Toen Paul en zijn vader de plaats bereikt hadden waar hun klimtocht zou beginnen, deden ze hun rugzakken om, smeerden hun gezichten in met zonnebrandcrème en begonnen rustig lopend de tocht. Nergens stond een auto of motor. Ze waren kennelijk de enigen die de berg op wilden.

Een zware dag, dacht zijn vader.

Misschien wel de laatste dag, dacht Paul, terwijl hij schuin opzij het ravijn inkeek.

Al snel kwamen ze boven de boomgrens. De vegetatie werd geleidelijk aan minder weelderig. Mossen en stenen bepaalden steeds meer de structuur en de kleur van hun omgeving en het pad werd smaller en steiler. Ze stopten twee keer om wat te drinken en keken vol bewondering naar een zweefvliegtuig en twee roofvogels die hoog boven hen zweefden op de onzichtbare thermiek. Na ruim drie uur kwamen ze moe en bezweet op de top van de *Morgon* aan. Paul was bekaf. Het uitzicht was prachtig. Het landschap beneden hen was tot ansichtkaartformaat gereduceerd en de andere bergen leken de *Morgon* te omringen zoals discipelen hun meester.

'Mooi, hè,' zei zijn vader. 'Wat zijn we hier hoog!'

'Ja...,' zei Paul. 'Je kunt de mensen beneden niet eens zien. Auto's wel; lijken net spiegels met die glim.'

Ze stonden op een plateau van enkele tientallen vierkante meters met een paar rotsformaties die als grote vingers nog verder omhoog wezen. Het was niet de top van een berg zoals hij die altijd tekende, dacht Paul. Zijn vader liep voorzichtig naar de rand en wierp een blik naar beneden. Paul keek om zich heen. Er was niemand te zien. Allerlei beelden schoten door zijn hoofd: zijn ouders vrijend in hun tent, zijn moeder roepend: 'Kijk goed uit allebei!' en de peilloze diepte naast hun beiden. Paul liep voorzichtig naar zijn vader toe. De gedachten die vanochtend tijdens het plassen bij hem opkwamen, schoten plotseling weer door zijn hoofd: Stel je voor dat ik hem ineens een zet geef? Zouden ze dan denken dat ík hem naar beneden heb geduwd?

Hij hoorde een afgrijselijke schreeuw, zag zijn vader voorover vallen en verdwijnen in de diepte. Wat gebeurde er? Heb ík soms...? Er trok een waas langs zijn ogen. Zijn hart bonkte in zijn keel. Wat was er gebeurd? Hij klauterde zo snel mogelijk langs het pad naar beneden, viel en kroop huilend weer overeind. Zijn knieën bloedden en zijn voeten waren helemaal opgezwollen door alle stenen die met hem meerolden. Enkele honderden meters lager klommen een paar mensen naar boven.

'Mijn vader is naar beneden gevallen!' schreeuwde hij.

De beide mannen keken hem niet begrijpend aan. Paul snapte dat het Fransen waren. Hij stond erbij als een klein hoopje mens. De ene man nam hem mee naar beneden en de andere klom snel naar boven om te kijken wat er gebeurd kon zijn. Beneden stond een auto met een ouder echtpaar dat naast hun auto zat te picknicken. De man liet hem los en riep luid gebarend enkele zinnen naar hen. Ze lieten hun tafel en stoeltjes staan en reden snel weg. Na een half uur kwam er een auto met twee Nederlandse echtparen aan die kennelijk door het Franse echtpaar gewaarschuwd waren. Ze sprongen uit de auto en kwamen snel op hen toelopen. Paul vertelde opgewonden zijn verhaal. Na ruim een uur was het een gekrioel van politieagenten, pers, auto's, een ambulance en tientallen mensen. Een verpleegster maakte Pauls bebloede knieën en voeten schoon en wikkelde er verband omheen. Het duurde lang voor ze het lichaam van zijn vader gevonden hadden. De berging van het lijk verliep moeizaam. Terwijl ze het naar de ambulance droegen, kwam zijn moeder eraan. Ze hadden haar tent met moeite kunnen vinden. Pauls uitleg was blijkbaar niet erg duidelijk geweest. Ze keek niet naar hem, maar rende direct naar de brancard en boog zich huilend over het lichaam van zijn vader heen. Paul stond verdwaasd toe te kijken. Een Nederlandse vrouw sloeg een arm om hem heen en liep samen met hem naar zijn moeder. Zij draaide zich om en keek hem met haar betraande ogen aan. Hij sloeg zijn ogen neer, kromp ineen en keek vanonder zijn gefronste wenkbrauwen naar haar gezicht. Hij zag haar onderzoekende en verwijtende blik en voelde ineens wat zij dacht: híj was de oorzaak van zijn vaders dood. De tranen verstilden in zijn ogen en zijn handen verstijfden. Hij voelde zich koud en verlaten door iedereen, een buitenstaander. Had hij het echt gedaan of had alles zich alleen maar in zijn hoofd afgespeeld? Hij wist het niet. Volgens zijn moeder had híj het gedaan. Hij had het gezien aan haar manier van kijken.

Ze werden beiden ondergebracht in een hotel in Chorges en kregen daar een tweepersoonskamer met twee bedden. Zijn moeder viel huilend op haar bed en zei geen woord. Paul ging op zijn rug liggen, trok de deken over zich heen en dacht na over wat er die dag bovenop de *Morgon* gebeurd was. Wat had hij gedacht en wat was er echt gebeurd? Het tolde in zijn hoofd. Hij werd moe en slaperig. Hij voelde zich weer op de top staan en zag al die minuscule autootjes beneden zich rijden. Het was net alsof ze allemaal bang waren en snel van hem vandaan wilden. Eén auto niet. Die reed schuddend en bonkend de berg op. Hij zag het meteen. Het was de deux-chevaux van zijn vader. Hij besefte nog net dat het niet kon en viel in een onrustige slaap.

Toen zijn moeder de volgende dag nog niets zei en zich van hem afkeerde, kroop hij geleidelijk uit zijn schulp. Hij zei haar dat hij spijt had dat hij zo gezeurd had om de *Morgon* te beklimmen en dat hij het heel erg vond. Zijn moeder zei niets, maar knikte en snikte alleen maar. Op zijn vraag wat er nu ging gebeuren zei ze: 'Weet niet' en verborg haar ogen achter een paar uitgevouwen tissues. De enkele keer dat ze hem tersluiks aankeek, hield hij zijn ogen onafgewend op haar gevestigd om aan te geven dat hij niets voor haar te verbergen had. Zonder iets te zeggen liet ze door haar lichaam blijken dat ze geen geloof hechtte aan zijn ontkennende opstelling.

Het gesprek over de toedracht van het ongeval dat de Franse politie met behulp van een tolk met hem voerde, duurde kort. Paul zei dat zijn vader was gestruikeld bij de rand. Hij wist niet hoe hij het anders moest formuleren. Hij kon zich niets meer herinneren.

Twee dagen later werden ze met een auto naar Grenoble gebracht en vlogen met de Air France terug naar Nederland. Het was de eerste keer dat hij in een vliegtuig zat. Hij had een stoel naast een raampje en was verbaasd dat je in een vliegtuig geen last had van hoogtevrees en op een berg wel. De ANWB zorgde ervoor dat het lichaam van zijn vader en al hun spullen naar Nederland werden overgebracht.

De begrafenisplechtigheid was aangrijpend. De kist en de nis van het uitvaartcentrum waren overdekt met een grote bloemenzee van wit en blauw, de lievelingskleuren van zijn vader. De dienst werd geleid door een collega van de theologische faculteit. Deze probeerde een relatie te leggen tussen de noodlottige val enerzijds en het opstaan tegen alle ongerechtigheid anderzijds. Slechts een enkeling sprak het aan. Zijn moeder had een lange zwarte jurk aan met een zwarte band om haar hoofd en een grote zonnebril op haar neus, die haar betraande ogen verborg. Paul had een zwarte spijkerbroek aan met een wit hemd. Ze keken elkaar niet aan en zeiden geen woord. Hij besefte dat hij zonder zijn moeder geen thuis zou hebben en zonder thuis geen toekomst. Vanaf nu was hij volledig afhankelijk van haar. Meteen bij de opstelling achter de baar, greep hij haar hand en bleef die stevig vasthouden.

Stapvoets liepen ze achter de kist naar het vers gedolven graf voor zijn vader. Een lange stoet volgde hen in een beklemmende stilte, die slechts verstoord werd door het monotone knerpen van het grind en het luid snikken van zijn moeder. De zerken aan weerszijden van het pad verwezen naar al diegenen die zijn vader voorgegaan waren. Hij huilde niet. Zijn tranen waren in Frankrijk al gestild. Zijn moeder was zichtbaar verscheurd door ellende. Ze was voor altijd haar maatje kwijt. De enige levende herinnering aan haar man was Paul, de veroorzaker van dit alles.

3. Nijmegen-Oost, 8 september 2001

Op 8 september 2001, kwart voor negen liet de magnetron in de keuken van Ruisdaelstraat 83 in Nijmegen-Oost door enkele hoge pieptonen weten dat de croissantjes klaar waren. Paul schoof ze met een snelle beweging op zijn bord en keek met een schuin oog naar zijn moeder die, staande aan het aanrecht, haar dagelijkse portie medicijnen naar binnen werkte. Daarna pakte ze een strip knoflookcapsules, drukte er twee uit en spoelde ze met een flinke slok jus d'orange naar binnen. Hij voelde zijn hart kloppen. Alles verliep precies volgens plan. Er kon bijna niets misgaan. Nog twee dagen! Vandaag zouden hij en Mireille vertrekken. Morgen werd hij eenentwintig en overmorgen was het zover.

Ze pakte haar antracietgrijze jas van de stoel, trok hem haastig aan en gaf met de bovenkant van haar rechterhand vluchtig een tikje op zijn schouder.

'Veel plezier in New York,' zei ze. 'Vergeet de *Frick Collection* niet. Daar hangen een paar mooie Vermeers...en fijne verjaardag samen!'

Het afscheid leek kort en zakelijk maar was voor haar doen erg ongebruikelijk. Zoveel intimiteit was hij niet van haar gewend. Voelde ze iets aan of reageerde ze zo omdat hij over twee dagen éénentwintig werd? Ze verliet de keuken, opende de voordeur en stapte op haar fiets richting cardioloog.

Paul had na de dood van zijn vader, vijftien jaar geleden in de Franse Alpen, elke aanhaling of andere intimiteit van zijn moeder moeten ontberen. Na de begrafenis had zij dagenlang op bed liggen huilen. Vrienden hadden haar de eerste weken van eten en drinken voorzien en gezorgd voor de nodige tranquillizers en therapeutische hulp. Daarna was ze een maand in retraite gegaan in een Belgisch klooster waar new age-aanhangers de plaats van monniken hadden ingenomen. Hij was liefdevol opgevangen door de buren. Terwijl zijn moeder probeerde helderheid te krijgen in haar denken over de oorzaak en het waarom van alles, leerde hij monopoly, scrabble en schaken van zijn buurkinderen.

Toen ze op een avond aan het monopolyen waren, overviel hem plotseling een onbestemde angst. Allerlei vragen schoten door zijn hoofd. Hoe lang zou hij hier nog mogen blijven? Wat zou zijn moeder besluiten? Zou ze nog met hem willen wonen in hun oude huis? Tot verbazing van de anderen liet hij zomaar zijn buurjongen van zijn Kalverstraat vertrekken naar De Brink.

'Hé, je let niet op! Wat is er, Paul?' zei de buurvrouw.

'Ach, niets.'

'Ja, er is wel iets. Ik zie het.'

'Ik denk dat mamma erg boos is op mij. Ik heb de hele vakantie gezeurd om de *Morgon* te beklimmen. Daardoor is het allemaal gekomen,' zei hij nauwelijks hoorbaar.

'Je moeder is niet boos op jóú. Je moeder is verdrietig.'

'Ja, maar eigenlijk is het mijn schuld. Ik had niet zo moeten zeuren. Als ze maar niet boos blijft op me.'

De buurman schrok, legde zijn krant neer en zei: 'Dat hoef je jezelf niet kwalijk te nemen. Alle kinderen zeuren wel eens. Je moeder wil gewoon even rust.'

Paul was bang dat zijn moeder hem niet meer bij zich in huis zou willen. Hij had eens op de tv gehoord dat als je ouders je niet wilden opvoeden, je naar een kindertehuis moest. Hij wilde daar niet aan denken en was stellig van plan om alles te doen om bij haar te blijven.

'Ik ga niet naar een tehuis. Ik wil mijn mamma!' zei hij zacht maar beslist.

De buren waren gechoqueerd. Toen de kinderen naar bed waren, bespraken zij samen hoe ze Pauls moeder moesten vertellen dat hij zo vol schuldgevoelens zat en erg naar haar verlangde.

De volgende dag vertelde de buurvrouw haar door de telefoon het voorgevallene. Pauls moeder wist totaal niet wat ze hiermee aan moest. Ze zat nog met zoveel onbeantwoorde vragen: Hadden zij en haar man misschien te veel oog gehad voor elkaar en te weinig voor Paul? Was hij daardoor misschien jaloers geworden? Waarom had hij die muizen gedood? Wat voor gevoelens had hij daarbij gehad? Waarom had hij aldoor gezeurd om die stomme *Morgon* te beklimmen? Had dat iets te maken met jaloezie of helemaal niet? Had hij zijn vader misschien toch een duw gegeven? Waarom keek hij haar na die fatale dag soms zo indringend en brutaal aan?

Haar antwoord was duidelijk: 'Het is allemaal zo onwezenlijk en zó ingewikkeld. Ik weet niet wat ik er van denken moet. Geef me nog één week de tijd.'

In die week dacht ze lang na over alle vragen die haar bezig hielden. Tijdens haar opleiding had ze kennis gemaakt met

Freuds opvattingen. Ze herlas wat hij over de relatie tussen een kind en zijn ouders had geschreven. Toen ze zijn werk weer las, was ze verbaasd dat ze nú heel anders aankeek tegen zijn idee dat kinderen van nature seksueel de ouder van het andere geslacht begeren. Vooral zijn opvatting dat die drift in staat is een jongen zo jaloers te maken, dat hij de onbewuste wens krijgt om zijn vader uit de weg te ruimen, las ze nu heel anders. Het meest onrustbarende vond ze dat Freud hiervoor de benaming oedipuscomplex had gekozen. Ze wist het. Ze had het oedipusverhaal al op haar veertiende gelezen, maar realiseerde zich nu pas dat Freuds ideeën al enkele duizenden jaren geleden door Sofokles ten tonele waren gebracht en in de wereldliteratuur nog steeds een belangrijke plaats innamen. Onbegrijpelijk, dacht ze, dat men in deze moderne tijd bij het verklaren van menselijk gedrag nog steeds verwees naar de sage van koning Oedipus die, zonder dat hij het wist, zijn vader doodde en vervolgens onwetend zijn moeder trouwde. Toen zij erachter kwam maakte ze zelfs een eind aan haar leven. Over dat laatste dacht zijn moeder bewust maar niet na.

Ze herinnerde zich hoe aanhankelijk Paul was, als zijn vader enkele dagen naar een conferentie was en hoe hij haar als vierjarige eens had beloofd later met haar te trouwen. Ze had dat nooit met Freuds ideeën in verband gebracht en ook niet met het oedipusverhaal. Zijn reacties had zij toen juist heel aandoenlijk gevonden.

'Doen we!' had ze toen nog gezegd. 'Pinken!' Beiden hadden toen de pinken in elkaar gehaakt om hun belofte te bezegelen. Ze had hem zelfs nog een dikke kus op zijn wang gegeven. Maar dit...wat ze nu las...na alles wat er gebeurd was. Dit was bijna niet te bevatten. Zó had ze de Oedipus vroeger niet gelezen en zo concreet had ze nog nooit over Freuds ideeën nagedacht. Het gaf te denken, dacht ze aangeslagen, dat de

Oedipus nog altijd opgevoerd en gelezen werd. Het viel ook niet te negeren dat psychologen van naam de ideeën van Freud nog steeds aanhingen. Misschien zat er een kern van waarheid in. Zou hij dan toch zijn vader naar beneden hebben geduwd? Als je dacht aan het aloude oedipusverhaal kon je het niet uitsluiten. Hoe moest zij hieruit komen? Praten met Paul of met een ander was zinloos. Wie zou haar twijfels serieus nemen en haar een antwoord kunnen geven op haar vragen?

Op de dag dat zijn moeder terug zou komen, plukte Paul een bos bloemen en zette die in een vaas midden op de tafel in de voorkamer. Hij harkte de achtertuin aan en maakte de fietsen schoon. Ook die van zijn vader. Hij ging bij de buren in de erker wachten op haar thuiskomst. Wat zou ze hebben besloten? dacht hij nerveus.

Toen hij de deux-chevaux aan zag komen rijden, rende hij naar buiten. Zijn moeder was nog maar net uitgestapt of hij sloeg zijn armen al om haar benen. Ze omarmde hem niet, maar boog zich slechts licht voorover en streek met haar rechterhand over zijn haar. Hij voelde een aarzeling, maar was blij met de aanraking. De buurvrouw omhelsde haar en vroeg hoe het ging.

'Moeilijk, maar we zullen er doorheen moeten. Ik neem hem meteen mee naar huis. Heel erg bedankt alvast. Vanavond kom ik nog even langs. Dan praten we verder.' Hij haalde opgelucht adem, pakte zijn moeder stevig bij de hand en zei: 'Ik ben heel blij dat je weer terug bent. Ik zal alles doen wat jij maar wilt.'

Ze aarzelde even en zei: 'We zullen het samen moeten fiksen. Laten we hopen dat het lukt.'

Paul probeerde door weinig opeisend gedrag haar twijfels weg te nemen en haar liefde voor hem terug te winnen. Het was allemaal tevergeefs. Zijn moeder volgde verschillende therapieën om haar traumatische ervaring en haar rancuneuze gevoelens ten opzichte van hem de baas te worden. Het lukte echter niet. Ze was niet bij machte om haar liefde voor hem te hervinden. Regelmatig werd ze overvallen door zware twijfels, gevolgd door ernstige depressies. Ze trok zich steeds verder terug in zichzelf en zei alleen het hoogstnoodzakelijke tegen hem. Hij accepteerde gelaten de kille sfeer tussen hun beiden en vermeed elke aanleiding tot een mogelijk conflict. Ze woonden weer samen in hun oude huis. Dat was het belangrijkste. Zijn tijd zou nog wel komen, dacht hij.

Op haar werk had men er alle begrip voor dat ze de eerste weken niet in staat was te werken. Daarna meldde ze zich officieel ziek en na ruim twee jaar werd ze afgekeurd. Alcohol, medicijnen en perioden met vreetbuien werden haar vaste partners. Zwaarlijvigheid en hoge bloeddruk waren het gevolg. Financieel waren er geen problemen. Haar nabestaanden- en invaliditeitspensioen en de uitbetaling van enkele verzekeringen maakten dat zij en Paul zich financieel geen zorgen hoefden te maken. Twee keer in de week kwam er een hulp die het huis een beurt gaf, boodschappen haalde en kookte wanneer zijn moeder er om vroeg. Materieel kwam hij niets tekort. Zijn moeder zorgde ervoor dat er altijd voldoende geld in huis was voor onverwachte dingen. Ze was steeds minder thuis. Meestal was ze bij vrienden; soms zat ze in het buurtcafé. Als ze een nacht wegbleef, liet ze een telefoonnummer achter of belde de buren. Dat gebeurde steeds vaker. Gelukkig hielden de buren hem goed in het oog. Hij speelde er, at bij hen en bleef er slapen. Na verloop van enkele jaren wisten slechts enkele ingewijden dat hij eigenlijk in het huis ernaast hoorde en dat de vrouw die daar af en toe kwam zijn moeder was. De enkele keer dat ze elkaar in hun huis aantroffen en hun ogen elkaar kruisten, kon ze hem ineens weer aankijken met die onderzoekende en verwijtende blik die ze Paul ook had toegeworpen aan de voet van de *Mont Morgon* bij de brancard met het dode lichaam van zijn vader erop. Dat beeld was in zijn herinnering gebrand. Hij wist niet hoe hij hiermee om moest gaan. Meestal ging hij dan quasi iets halen of naar het toilet. Soms probeerde hij haar zo recht mogelijk in de ogen te kijken. Hij keek dan met een blik waarin de behoefte aan liefde en de behoefte om zijn onschuld te bewijzen om de eerste plaats leken te strijden. Zijn moeder zag alleen het laatste en gaf geen krimp. Haar eerste indruk aan de voet van de *Morgon* was haar finale oordeel geworden.

Mede door de goede zorgen van de buren ging het met Paul op school voorspoedig. De leerkrachten waren niet alleen erg tevreden over zijn leerprestaties, maar ook over zijn gedrag. Hij was een rustige en aardige leerling die niet met zijn gevoelens te koop liep. Niemand kende echter het geheim dat hij met zich meetorste. Niemand besefte hoe onbegrepen en eenzaam hij zich vaak tussen zijn klasgenoten voelde.

Na de basisschool ging hij naar het Nijmeegsch Gymnasium. Hij leerde gemakkelijk, haalde ook hier prima cijfers, maar bleef een buitenstaander. Op kennisgebied behoorde hij weliswaar tot de besten, maar zijn emotionele ontwikkeling en zijn relaties met medeleerlingen lieten te wensen over. Nadat hij in het tweede studiejaar enkele artikelen in de schoolkrant had geschreven, werd hij lid van de redactie. Pauls medeleerlingen lazen met plezier zijn bijdragen en spraken hem er zelfs op aan. Hij vergaderde regelmatig met de redactie over de inhoud van het blad, ging met hen op pad om materiaal te verzamelen en schreef over een veelheid van onderwerpen. Zo kroop hij, zonder dat anderen het door hadden, stapje voor stapje uit het isolement waarin hij jaren had verkeerd. Het simpele feit dat hij in het derde studiejaar uitgroeide tot één van de langste jongens van de klas, werkte ook mee aan zijn integratie in het klassen- en schoolgebeuren. Dit alles werd nog versterkt door zijn bijdrage aan het kerstnummer van de schoolkrant, die het begin vormde van een groot aantal veranderingen in zijn leven.

In het openingsartikel had de rector een historische beschouwing geschreven over kerstrituelen en aansluitend het besluit van de schoolleiding toegelicht om de club van Italiaanse mondschilders een eenmalige subsidie te geven. Dat zou gerealiseerd moeten worden 'in een blitsende actie' voor de kerstvakantie. Tijdens de laatste Romereis voor vijfdeklassers was dit plan geboren, toen het reisgezelschap een aantal met de mond geschilderde kunstwerken had bewonderd op het Piazza di Spagna.

In een verzonnen, officieel lijkende brief met een professioneel ogend briefhoofd inclusief een strak vormgegeven logo, had Paul, Dr. A. Nus, voorzitter van de NVA, de Nederlandse Vereniging van Anusschilders, laten protesteren tegen deze elitaire keuze. Waarom ging de subsidie naar de Italianen en niet naar Nederlandse kunstenaars? Was het met de mond schilderen soms van hogere orde dan met de anus schilderen? Waren ze op het gymnasium niet op de hoogte van het feit dat Freud nadrukkelijk had geschreven dat de anale fase in de ontwikkeling van het jonge kind de orale veronderstelde zoals toelating tot het gymnasium een met goed gevolg doorlopen hebben van de basisschool veronderstelde? Zou dit alles geen reden kunnen zijn om prioriteit te schenken aan de Nederlandse anusschilders?

Wat was bovendien moeilijker: met de ogen recht vooruit of met de nek schuin achterwaarts schilderen?

Het was niet zozeer het taalgebruik alswel het realistisch uitziende logo plus een drietal - eigenhandig door Paul gemanipuleerde - foto's van enkele Nederlandse anusschilders die de gemoederen verhitten. Daarenboven beleefden de organiserende docenten van de jaarlijkse Romereis het artikel als een persoonlijke aanval, omdat hij ook nog geschreven had dat door dit soort kerstacties weer eens aangetoond werd dat het orale niet alleen tijdens de jaarlijkse kunstreis, maar ook in de opleiding een steeds grotere plaats toebedeeld kreeg.

Paul werd al snel als de schrijver van het artikel ontmaskerd en moest zijn excuses aanbieden in de schoolkrant. In een volgend nummer deed hij dat, door Dr. A. Nus opnieuw een brief te laten schrijven waarin hij namens zijn vereniging en mede namens Paul zijn excuses aanbood voor de toonzetting van het artikel. Hij sprak tenslotte de hoop uit dat in de toekomst de NVA en de Italiaanse club van mondschilders, mogelijk aangevuld met andere gehandicapte schilders die anderszins met hun penselen werkten, een waardevolle bijdrage zouden leveren aan de hedendaagse schilderkunst. De leerlingen genoten van de brief. De rector niet.

In het vierde schooljaar kreeg hij een conflict met een lerares Nederlands dat uitliep op een rel, omdat hij haar wijze van lesgeven vergeleken had met schoonschrijflessen voor AOW-ers. 'Lessen Perquin achterhaald en overbodig' was de kop van het artikel. De inhoud loog er niet om. De meeste leerlingen waren het met de inhoud eens, maar zowel de lerares als de schoolleiding vonden de inhoud onacceptabel. Mevrouw Perquin wilde Paul na verschijning van het blad niet meer in de klas en zond hem de eerste de beste les meteen naar de rector, die voor de deur van zijn kamer (door de leerlingen 'het kotje' genaamd) stond te praten met de conrector. Beiden waren ongeveer een half hoofd kleiner dan Paul. Ze hoorden hem aankomen en keken hem afwachtend met licht opgetrokken wenkbrauwen doordringend aan. Paul stapte vrijmoedig op de rector toe en stopte enkele centimeters dichterbij dan gebruikelijk met een blik van 'wat moet je?'

De rector reageerde als een hond die zijn territorium verdedigen moest en duwde hem onmiddellijk met zijn priemende wijsvinger terug. Paul was hem duidelijk te na gekomen. Hij was zijn persoonlijke, intieme ruimte binnengedrongen die in geen enkele schoolregel beschreven stond, maar juist daarom een continue uitdaging was voor alle brutale gymnasiasten. De rector keerde zich resoluut om, deed de deur van zijn kamer open en gaf met zijn onderarm kort aan dat Paul naar binnen kon gaan. 'Wat brengt jou hier, Paul?' begon hij zodra hij achter zijn bureau had plaatsgenomen.

'Ach, dat mens van Perquin wil me niet toelaten.'

'Mevrouw Perquin, bedoel je!'

'Ja!'

'Ja…menéér!'

'Ja…menéér!'

'Waarom niet, denk je?'

'Omdat ik geschreven heb dat ze slecht les geeft.'

'Vind je het juist dat je dat zo in onze schoolkrant schrijft?'

'Ja, waarom niet. Zij schrijft in onze rapporten ook alles over ons.'

'Dat is iets anders.'

'Vind ik niet.'

'Zou jij het leuk vinden als je docent was en leerlingen zouden zo over jou schrijven?'

'Ik zou anders lesgeven!'

'Hoor eens…dat vroeg ik niet! Laten we als twee gelijkwaardige mensen praten. Zou jij het leuk vinden als men over jou zou schrijven dat iedereen je liever kwijt dan rijk is? Paul werd nijdig en zei: 'Ten eerste voel ik mij hier niet gelijkwaardig, want u laat mij staan en zit zelf achter uw bureau en ten tweede mogen wij nergens onze mening geven over haar ouderwetse manier van lesgegeven. Als dat gelijkwaardig is?!'

'Het is genoeg zo, Paul. Je hoeft vandaag niet meer naar haar les. Ik zal er met mevrouw Perquin en de conrector over praten. Je hoort morgen meer. Je kunt nu gaan.'

Hij ging naar huis, nam de telefoon niet op, liet de post liggen en meldde zich na enkele dagen bij een nabijgelegen scholengemeenschap, waar hij, na diverse telefoongesprekken tussen de beide rectoren, was aangenomen. Hij bezocht de school amper, vroeg staatsexamen atheneum aan en slaagde op zijn zestiende met redelijke cijfers.

Daarna volgde een tocht langs verschillende faculteiten van de Radboud Universiteit Nijmegen. Hij was met zijn zestien jaar één van de jongste studenten. Gelukkig was hij groot van stuk en had haar tot op zijn schouders, zodat zijn jeugdige gezicht niet direct de aandacht trok. Er waren diverse ouderejaars die er met hun kleinere postuur en gladde kopjes jonger uitzagen dan hij. De enkele keer dat iemand hem naar zijn leeftijd vroeg, loog hij zich achttien. De reactie was dan meestal: 'Goh, zo jong nog!' Paul lachte dan fijntjes.

Hij begon met theoretische natuurkunde en wiskunde, maar besloot al snel de rest van zijn jonge leven niet te verknoeien met zoveel abstrahering van de werkelijkheid. Hij stapte over naar wijsbegeerte en las veel interessante boeken van oude en nieuwe filosofen. Drie maanden lang wekelijks college lopen over de invloed van Immanuel Kant op de Franse filosoof Ricoeur, werd hem echter teveel. Hij schreef zich op goed geluk in voor een onderzoek naar 'reclames in dagbladen' van de vakgroep psychologie, voelde zich hier snel op zijn plek en nam daarna deel aan diverse practica en colleges. Hij viel ook hier bij menigeen op door zijn sterk analytisch vermogen en brede belangstelling. Dat hij hoogbegaafd was, wist hij allang. Dat waren zijn ouders ook en met hen nog duizenden anderen. Hij had gelezen dat circa een half procent van de mensheid hoogbegaafd was en een IQ bezat van boven de 145. Dat waren er in Nederland alleen al 80.000. Ongeveer half Nijmegen, maar dan verdeeld over het hele land. Interessant werd het pas als je behoorde tot de éénduizendste procent hoogste IQ's. Dat waren er in Nederland nog altijd 160 en over de hele wereld zelfs 60.000. Daar zou hij vermoedelijk niet eens bij horen. Dat noodzaakte tot bescheidenheid, vond hij.

Zijn IQ zat wel goed, maar zijn emotionele functioneren niet. Dat was niet best. Tijdens zijn omgang met medestudenten had hij gemerkt dat zij op emotioneel gebied veel meer in huis hadden dan hij. Veel zaken die anderen raakten lieten hem vaak koud, zijn invoelend vermogen was veel minder en hij had bovendien moeite om het beetje gevoel dat hij had te uiten. Hij werd zich steeds meer bewust van dat tekort. Hij realiseerde zich echter ook dat als hij net zoveel gevoel zou hebben gehad als zij, hij hoogstwaarschijnlijk al jaren in een psychiatrische inrichting zou hebben gezeten. In zekere zin was zijn tekort op dit gebied zijn redding geweest. Natuurlijk had het genetisch aspect in dit alles vast een rol gespeeld. Zijn vader herinnerde hij zich niet direct als een warme empathische man. Iets van hem zou hij best wel overgeërfd hebben. Zijn moeder echter, die na de dood van zijn vader nauwelijks aandacht aan hem had geschonken, was volgens hem de belangrijkste oorzaak van zijn pover ontwikkeld gevoelsleven. Dat hij zich staande had weten te houden, had hij waarschijnlijk mede te danken aan het feit dat hij alle emoties met betrekking tot haar had gebagatelliseerd en vervangen door een voortdurend denken aan later, aan een leven zonder zijn moeder. Bovendien had hij door zijn constante blik op de toekomst, anders aangekeken tegen de werkelijkheid van alledag dan anderen van zijn leeftijd. Daardoor had de afwezigheid van ouderlijke liefde vermoedelijk ook niet zo'n negatieve invloed op hem gehad als anders misschien het geval zou zijn geweest.

Hij realiseerde zich dat het ontwikkelen van zijn gevoelsleven een belangrijke verrijking zou kunnen betekenen voor de ontplooiing van zijn persoonlijkheid. Wat hem echter vooral intrigeerde, was dat emoties ook van grote betekenis bleken te zijn voor het nemen van de juiste beslissingen. In de evolutie van de mensheid, las hij, waren het eerst de emoties geweest die bepaalden hoe in moeilijke situaties te handelen. Pas later ging de ratio een rol spelen in het proces van beslissen. Doordat gevoelens, bijna als in een reflex, nog steeds voorselecteerden op basis van de verwachte positieve gevolgen van een keus, konden negatieve gevolgen bij voorbaat worden verworpen. Zo konden rationele beslissingen efficiënter plaatsvinden. Voor het juist nemen van beslissingen bleek het ervaren van emoties dus van wezenlijk belang. Het werd de hoogste tijd dat hij wat aan zijn gevoel ging doen.

Behalve door wetenschappelijke publicaties probeerde hij zijn emotionele ontwikkeling ook meer kansen te bieden door het lezen van psychologische romans en het bekijken van films van Woody Allen en toneelstukken van Pinter, Norén en

Gerardjan Rijnders. Ook al had je niet zoveel gevoel, dacht hij, je kon als je leerde welke gevoelens bij welke situatie hoorden, op zijn minst tonen dat je ze had. Hij moest hierbij meteen denken aan politici die met name in verkiezingstijd, vrijwel allemaal opvielen door hun zogenaamde belangstelling en warme gevoelens voor de kiezers. Allemaal ingestudeerd maar het werkte kennelijk wel.

Tijdens een studium generale raakte hij door een gastcollege geïnteresseerd in kunstgeschiedenis. De gasthoogleraar toonde afbeeldingen van kindertekeningen en vergeleek ze met bekende werken uit de schilderkunst. Toen hij in de mensa zijn ideeën over een nadere uitwerking hiervan vertelde aan een paar tafelgenoten, vroeg één van hen, hoofdredacteur van het Nijmeegs Universiteitsblad, aan hem om er een prikkelend artikel over te schrijven. Hij deed dat met veel plezier en gaf het artikel de titel: *Van Altamira tot Micha Klein* en beweerde dat de kunstzinnige ontwikkeling van de individuele mens volgens sommigen een herhaling van de ontwikkeling van de soort was. Hij vergeleek de muurschilderingen van duizenden jaren geleden in de grotten van Lascaux, Altamira en Tassili-N'-Ajjer met de eerste tekeningen van jonge kinderen. Hij gaf een sneer naar schilders als Willink, Toorop en Ket door hen te typeren als kunstenaars die enkele honderden jaren achterliepen in de ontwikkeling van de soort en enkele tientallen jaren achter in hun eigen ontwikkeling. Kunstenaars als Beuys, Ryman, Dibbets en Micha Klein waren voor hem de vertolkers van de eigentijdse kunst. De redactie was enthousiast en vroeg hem om meer te schrijven. Hij was zestien jaar en zijn carrière als publicist had, afgezien van zijn eerste probeersels in de schoolkrant van het Nijmeegsch Gymnasium, een aanvang genomen. Het voornemen om af te studeren in één of andere studierichting, liet hij varen. Er was echter geen reden om niet uit de ruif van de universiteit te blijven eten. Hij las boeken en volgde colleges op een veelheid van terreinen en schreef artikelen over onderwerpen die hem uitdaagden en die redacties van diverse tijdschriften publicabel vonden voor hun doelgroep. Hij had zijn beroep gevonden. Zijn moeder wist niet beter dan dat hij nog steeds met zijn studie theoretische natuurkunde en wiskunde bezig was. Hij liet dat zo.

De relatie met zijn moeder bleef er één van twee mensen die tot elkaar veroordeeld waren. Ze deelden hun verleden, hun huis en hun vermogen en daar was al hun gemeenschappelijks eigenlijk mee gezegd. Zijn hoop bleef op de toekomst gericht. Hij had twee kamers op de tweede verdieping waar zij nooit kwam en zijn moeder twee kamers op de eerste verdieping waar hij nooit kwam. De keuken was vrijwel de enige plaats waar ze elkaar geregeld ontmoetten en slechts het hoognodige tegen elkaar zeiden. Relaties hield ze angstvallig buiten de deur. Paul daarentegen nodigde na college, mensa of café steeds vaker studenten uit om met hem mee naar huis te gaan, omdat hij het leuk vond met anderen van gedachten te wisselen en omdat hij het belangrijk vond zijn invoelend vermogen te ontwikkelen.

Hij was een gewone jongen om te zien. Zijn lange blonde krullen en zijn lengte waren de enige kenmerken die hem boven de massa uittilden. Wanneer hij eenmaal met meisjes in gesprek raakte, waren zijn brede algemene ontwikkeling en zijn grote verbale vermogen er steeds vaker de oorzaak van dat hun gesprek vervolgd werd bij hem thuis. Een enkele keer vervolgden ze het gesprek in zijn bed. Zijn werkelijke leeftijd vertelde hij nooit. Als ze het vroegen loog hij zich achttien.

Halverwege het eerste studiejaar kreeg hij een relatie met Mireille, een negentienjarige studente kunstgeschiedenis. Ze waren niet verliefd op elkaar, maar beschouwden hun vriendschap als inspirerend en elkaar aanvullend. Ze bleven soms dagen op zijn kamer praten, muziek luisteren en lezen. Soms bedreven ze er de liefde. Na enkele maanden biechtte Paul haar op dat hij geen negentien, maar zestien jaar was. Ze was verrast en moest vreselijk lachen.

'Heel verstandig dat je het niet eerder gezegd hebt,' zei ze. 'Heb ik al die tijd seks met een minderjarige gehad. Ben ik misschien nog strafbaar ook!'

Beiden waren verbaasd hoe ze telkens weer nieuwe gemeenschappelijke interessegebieden bij elkaar ontdekten. Eén keer zei Mireille zelfs:

'Misschien blijven we wel altijd bij elkaar, omdat we het allebei niet willen!'

'Ik wil wel!' zei Paul.

'Ik niet. Je bent een veel te grote rationalist! Je leeft te weinig vanuit je hart!'

'Dan hebben we een conflict. Moeten we uit elkaar,' zei Paul lachend. 'Of je stelling klopt niet!'

'Gemenerd!' zei ze, 'Je probeert je gelijk te halen ten koste van een volwassen vrouw. Je moet je plaats weten en je gevoel meer ontwikkelen!'

Ben ik mee bezig, dacht hij, maar zo te zien met nog weinig resultaat.

Tijdens een college culturele antropologie kwam hij in contact met het werk van Margaret Mead - spottend Greetje Vlees genoemd - en las diverse publicaties van haar. Hij besloot een artikel te schrijven over haar opvatting over sekseverschillen. Volgens haar waren die niet door het karakter, maar door de maatschappij en de opvoeding bepaald. Voer voor menig tijdschrift, dacht hij.

Toen hij Freuds beschrijving van het oedipuscomplex erop nalas, besefte hij ineens dat zijn moeder tijdens haar opleiding ook kennis moest hebben gemaakt met deze zienswijze. Zij moest er weet van hebben gehad dat vijfjarige jongens hun vader als rivalen in de liefde voor hun moeders zagen en hen het liefst uit de weg wilden ruimen. Vrijwel alle jongens verdrongen die problematiek in hun onbewuste. En hij? Had hij dat ook gedaan of juist niet? Zou zijn moeder toch gelijk hebben? Had hij zijn vader misschien toch de afgrond ingeduwd? Hij probeerde zich alles voor de geest te halen wat zich elf jaar geleden boven op de *Morgon* had afgespeeld. De twee vragen die zijn leven van zijn vijfde tot nu bepaald hadden, passeerden woord voor woord het centrum van zijn bewustzijn: Stel je voor dat ik hem ineens een zet geef? Zouden ze dan denken dat ík hem naar beneden heb geduwd?

Hij had het gedacht. Dat was zeker, maar had hij het ook gedaan? Had hij zijn daad misschien verdrongen zoals andere jongens in de oedipale fase hun aandrang tot die daad verdrongen hadden? Hij wist het niet!

Eén ding wist hij wel: zijn moeder was ervan overtuigd dat hij zijn vader de afgrond in had geduwd. Zij was het levende bewijs van zijn mogelijke betrokkenheid. Haar voorstelling van zaken verplichtte hem te geloven dat hij het gedaan zou kunnen hebben. Zij maakte hem tot een mogelijke vadermoordenaar. Pas wanneer zij er niet meer zou zijn, zou hij bevrijd zijn van de repeterende gedachte dat hij zijn vader misschien had vermoord. Pas wanneer zíj dood zou zijn, zou híj zich onschuldig kunnen voelen. Deze gedachte liet hem niet meer los.

Geleidelijk aan veranderde de wenselijkheid van haar dood zich in het voornemen tot doden. Toen dit plan zich eenmaal in zijn hoofd genesteld had, concentreerde zijn denken zich op de beste methode om het leven van zijn moeder te beëindigen.

Tijdens één van de weinige gezamenlijke ontbijten, kreeg hij de oplossing op een presenteerblaadje aangereikt.

Zijn moeder liep naar het aanrecht, opende één van de keukenkastjes en pakte haar medicijnen. Vervolgens drukte ze twee knoflookcapsules uit een strip en slikte alles met een flinke slok jus d'orange door. Hij had heel duidelijk gezien dat ze de capsules, net als met 'de pil', niet willekeurig uit de strip had geduwd. Een week lang controleerde hij elke ochtend of zij de knoflookcapsules wel slikte en in welke volgorde zij ze er uitdrukte. Toen wist hij hoe hij zijn verleden ging witwassen.

Als hij de vijfde en zesde pil zou vullen met gif, zou zij - twee dagen nadat hij naar een verre bestemming was vertrokken - komen te overlijden en zou hij een sluitend alibi hebben. Het probleem was echter dat sectie op het lijk vergiftiging als oorzaak zou aangeven en langdurige gesprekken en onderzoeken met zich mee zou brengen. Misschien zou men hem dan toch gaan verdenken. Hun relatie was immers niet echt goed te noemen. Dat was in beperkte kring bekend. Hoe moest hij dit aanpakken? Zou hij er iets in kunnen stoppen dat zijn moeder toch al gebruikte en wat in een grote dosis dodelijk was? Dan lag immers de veronderstelling voor de hand dat zij het zelf had gedaan. Ze slikte aardig wat en haar levensgeschiedenis, vreetbuien, alcoholisme en de regelmatige consulten bij huisarts, cardioloog en therapeut zouden een conclusie van zelfdoding dan waarschijnlijk maken.

Toen ze naar haar therapeut was, doorzocht hij het hele huis op medicijnen. In de keuken vond hij slechts aspirine, bloeddrukmedicijnen, echinaforce, enkele vitaminepillen en het doosje met knofloopcapsules. In het medicijnkastje in de badkamer vond hij paracetamol, superol en imodium. In haar slaapkamer tenslotte vond hij in het laatje naast haar bed diazepam-10mg, imipramine-25mg en een oud doosje met methyldopa dat ze tot voor kort vanwege haar hoge bloeddruk had geslikt. Tot zijn teleurstelling vond hij nergens het slaapmiddel vesperax. Dat was het enige middel waarvan hij wist dat het bij een flinke overdosis de dood ten gevolge had. Hij zou er buiten Nederland wel aan kunnen komen, maar wilde medicijnen gebruiken die aan haar waren voorgeschreven. Hij schreef de namen van alles wat hij gevonden had op, nam in de universiteitsbibliotheek diverse publicaties door op het gebied van farmacie en toxicologie en zocht uitvoerig op internet. Namen en bestanddelen leverden een baaierd van klinisch belangrijke bijwerkingen en mogelijke interacties met andere medicijnen op. Na enige tijd zoeken vond hij wat hij wilde. Enkele pilletjes van de door haar gebruikte hoge bloeddrukmedicijnen zouden, in combinatie met een flinke dosis methyldopa, vrijwel zeker een snelle dood ten gevolge hebben. Dat was het! Ook na sectie, bloed- of ander onderzoek zou de door haarzelf ingenomen overdosis van voorgeschreven medicijnen de meest voor de hand liggende oplossing zijn. Hij wist genoeg.

Zodra hij eenentwintig werd, zou het moment suprème daar zijn. Men zou dan bovendien nog kunnen denken dat zij haar leven gerekt had tot die leeftijd. Hij zou dan verlost zijn van het stigma van vadermoordenaar en vrijelijk kunnen beschikken over zijn eigen leven en beider vermogen.

De tijd die hem nog restte besteedde hij om zijn moeder en Mireille voor te bereiden op zijn plan om ter gelegenheid van zijn éénentwintigste verjaardag, samen met Mireille, tien dagen naar New York te gaan.

De avond voor hun vertrek nam hij het doosje met knoflookcapsules van zijn moeder mee naar zijn kamer. Door af en toe ook enkele capsules te nemen had hij ervoor gezorgd dat er slechts één doordrukstrip in het doosje over was. De strip bestond uit vijf keer twee capsules. Hij maakte aan de achterkant van de strip drie inkepingen boven de vijf en zesde capsule.

Hij pakte ze heel voorzichtig met een pincet eruit, haalde de capsulehelften uit elkaar en schudde de knoflook eruit. Met een penseel maakte hij de binnenkanten vochtig en strooide er weer wat knoflookpoeder in, zodat er aan de buitenkant niet te zien zou zijn dat er iets anders inzat. Hij stampte de hoge bloeddrukpillen en de methyldopa tot poeder en vulde de capsules. Nadat hij de helften weer over elkaar heen had geschoven deed hij de capsules weer in de strip en wreef de inkepingen voorzichtig dicht. Het voorbereidende werk was gedaan.

Ruisdaelstraat 83, kwart voor acht, 's morgens
Het was twee dagen voor zijn éénentwintigste verjaardag. Hij hoefde alleen nog maar de croissantjes in de magnetron te doen. Zijn moeder zou over een uur naar de cardioloog gaan. Hij had nog geen wekker of douche gehoord. Ze sliep nog. Zijn spullen stonden klaar in de hal. Mireille sliep ook nog. Hij zou haar om negen uur wekken. De taxi zou hen om tien uur ophalen om naar Schiphol te brengen. Alles was tot in de puntjes voorbereid. Op het prikbord boven de keukentafel hing het telefoonnummer van het hotel in New York. Dadelijk zou zijn moeder de eerste twee knoflookcapsules nemen, morgen de volgende twee en overmorgen de twee fatale. Hij zou vandaag al richting New York vliegen en overmorgen nooit verdacht kunnen worden van moord. Iemand die alleen in haar huis was en een overdosis voorgeschreven medicijnen slikte, kon zijn inziens alleen maar beschouwd worden als slachtoffer van zelfdoding. Haar huisarts en therapeut wisten bovendien dat ze al jarenlang problemen had met haar verleden, zichzelf en alcohol. Kortom: een alibi van honderd procent. Hij stopte met een tevreden gevoel de twee croissantjes in de magnetron en hoorde boven in de badkamer gestommel. Zijn moeder zou zo naar beneden komen. De finale was bijna begonnen. De toekomst lonkte.

4. Amsterdam

Het terras naast het *Muziekgebouw aan 't IJ* zat vol yuppen en gepensioneerden die zich laafden aan zon, uitzicht en drankjes. In die volgorde. Een enkeling sliep.

'Ach, alles wat een man meer heeft dan een aap, is meegenomen.'

'Wat heeft jouw Jan-Jaap dan meer?'

'Hij kan goed luisteren en dat kunnen maar weinig mannen!'

'Ja, wat dat betreft is hij een goede uitzondering. Je zou willen dat ze allemaal zo waren.'

'Het is niet voor niets dat veel vrouwen van onze leeftijd vaak zo depressief worden.'

Paul draaide zich om en zag twee goed geklede vrouwen van begin veertig aan een glas witte wijn nippen. Hij besefte in een flits dat hij zojuist iets had gehoord dat de oplossing zou kunnen zijn voor zijn probleem. Hij rekende af, stond op en zei tegen beiden: 'Ik heb goed geluisterd. Ik zal er mijn voordeel mee doen.'

Beide vrouwen glimlachten verbaasd en vervolgden hun gesprek. Hij reed in een licht euforische stemming langs het IJ en het Centraal Station naar huis.

De erfenis van zijn moeder was bijna opgesoupeerd. Zijn ouderlijk huis in Nijmegen had hij voor een goede prijs van de hand gedaan en daarvoor in de plaats een luxe appartement in de Jordaan gekocht. Hij woonde er erg naar zijn zin, maar miste Mireille. Hun relatie was enkele jaren geleden stukgelopen. Ze was verliefd geworden op een conservator van het *Museum Het Valkhof* in Nijmegen. Ze had hem ontmoet tijdens een vernissage. Haar mededeling kwam als een donderslag bij heldere hemel.

'Wat heeft hij wat ik niet heb?' vroeg Paul toen ze haar besluit aan hem vertelde. Hij vermoedde al wat ze zou gaan zeggen.

'Het is geen kwantitatief verschil. Meer kwalitatief. Het gaat bij jou voornamelijk om weten en logica. Alles probeer je verstandelijk te benaderen,' had ze geantwoord. 'Gewone dingen interesseren je amper!'

'Wat moet ik dan anders doen? Zeg het!' reageerde hij.

'Ja, dat is het net! Dat heb ik al zo vaak gezegd. Je hebt er vermoedelijk geen antenne voor. Ik kan jou niet programmeren om meer gevoel te hebben. Zo werkt het niet,' zei ze. 'Het is geen onwil van je. Het is meer onmacht. Voor een lange relatie verwacht ik gewoon meer!'

Verder discussiëren was volgens hem zinloos. Hij verbeet zich van woede, maar hielp haar toch met inpakken en verhuizen van haar spullen. Hij kende zijn zwakke kant. Ze had het vaak genoeg tegen hem gezegd, maar weten was nog geen doen. Zijn ouders hadden het hem niet geleerd. Mireille had het geprobeerd. Veel geholpen had het dus niet, dacht hij.

Hij herinnerde zich een voorval van een tijd geleden. Na een avond praten op een terras aan de Waalkade over zijn gebrek aan belangstelling voor haar alledaagse ervaringen en zijn afstandelijke, functionele benadering van de wereld om hem heen, sloeg Paul in de auto zijn arm om haar heen. Hij kuste haar vervolgens heftig op haar mond om te laten zien dat dié afstand door hem gemakkelijk overbrugd kon worden. Hij snapte ook wel dat het om die afstand niet ging, maar vond kussen op zich al een reden genoeg om het te doen. Mireille trok toen plotseling haar mond terug, keek hem indringend aan en zei: 'Kijk Paul, nu stroomt er een druppel spuug over mijn lip uit mijn mond. Daarnet hadden we het samen nog in ons mond. Let op. Ik laat het nu lopen over mijn kin. Als het over twee seconden als een sliert aan de stoel kleeft, vinden we het allebei vies. Dan willen we het niet meer in onze mond nemen. Dat is rationeel niet te bevatten, maar emotioneel goed te begrijpen. Het is alleen een ander soort weten dan het rationele. Ratio en emotie zijn twee heel verschillende dingen. Dat weet je. Beide heb je nodig in een relatie, anders loopt ie langzaam stuk! Duidelijker kan ik het niet zeggen. Doe er wat aan. Ga in therapie of iets dergelijks!'

Dat had hij niet gedaan. Nu was hun relatie definitief kapot. Ze had een ander. Hij was alleen overgebleven en voelde zich flink bedonderd. Eerst was hij emotioneel verwaarloosd door zijn moeder. Daarna als volle wees door haar achtergelaten. Nu weer geloosd door Mireille. Zijn vertrouwen in vrouwen had een enorme klap gehad. Daar kwam nog bij dat het gevoel van bevrijding, dat hij na de begrafenis van zijn moeder zo sterk ervaren had, maar van korte duur was geweest. Haar onderzoekende en verwijtende blik was met het begraven van haar lichaam weliswaar verdwenen, maar soms kon een vrouw hem ineens met diezelfde onderzoekende en verwijtende blik aankijken als zijn moeder. Hij had het nare gevoel dat het aantal dergelijke vrouwen dat zo op hem reageerde toenam. Hij wilde daar echter niet aan denken.

Hij boekte een lange reis naar India en Sri Lanka om zijn verdriet van zich af te schudden en schreef reisverslagen voor enkele Nederlandse en Belgische bladen. In Sri Lanka had hij een heftige maar oppervlakkige relatie met een Ghanese journaliste van het Franse blad *Paris Match*. Hij had haar ontmoet tijdens een lopend buffet in een hotel even buiten Dambulla. Hij zag dat zij niet vergezeld werd door een partner en volgde haar naar de saladbar, probeerde tegelijk met haar uit eenzelfde schaal een opscheplepel vol tropische vruchtenstukjes te pakken, verontschuldigde zich en liet haar met een brede glimlach voorgaan om zich vervolgens aan haar voor te stellen. Hij vroeg of hij bij haar aan tafel mocht zitten. Behendig leidde hij het gesprek in de richting van het weidse uitzicht over de vallei waarin hij 's morgens met een gids nog op olifantensafari was geweest. Een wandeling met haar in de omgeving en een fles wijn op het terras resulteerden in enkele onverwachte nachten die zijn verlangen naar Mireille enigszins stilden. Ze genoten van elkaar en werkten nauw samen door documentatie uit te wisselen, interviews voor te bereiden en elkaars werk van kritisch commentaar te voorzien. Een artikel over de Tamilstrijders in het noorden en één over het eeuwenoude irrigatiesysteem waren er het directe resultaat van. Ze vroeg hem om samen een artikel voor te bereiden over het excentrieke paleis van koning Kasyapa op de honderdtachtig meter hoge rots van Sigiriya. Hij had graag de fameuze fresco's van de Sigiriya-maagden en de restanten van de balzaal willen zien, maar durfde niet omdat de beklimming van dit wereldwonder hem teveel aan zijn traumatische ervaringen op de *Mont Morgon* en het WTC deden denken. Bovendien ging het verhaal dat de koning zijn vader levend had ingemetseld. Hij was veel te bang overmeesterd te worden door hoogtevrees, dwanggedachten en gevoelens van totale hulpeloosheid. Hij vertelde haar van zijn hoogtevrees, maar zei niets over de schokkende gebeurtenissen in de Franse Alpen en New York. Zij beklom alleen de Sigiriya-rots en samen bezochten ze daarna nog een paar oude steden in het noorden en oosten van het land.

De relatie stopte toen de Ghanese na vier weken, terug moest naar Parijs en vertelde dat ze naar haar vaste vriend terugging.

Paul plakte er een week Malediven aan vast en ging daarna terug naar Nederland. De artikelen die hij schreef over zijn reizen waren, naast het snel slinkend vermogen dat hij van zijn moeder geërfd had, zijn enige bron van inkomsten. Met zijn royale wijze van leven zou hij hooguit nog twee jaar in zijn onderhoud kunnen voorzien. Hij moest snel een extra bron van inkomsten vinden. Liefst een flinke, anders zou hij veel meer artikelen moeten schrijven voor bladen en instanties, minder moeten reizen of een vaste baan zoeken. Geen van drieën wilde hij. Aan boeken schrijven hoefde hij helemaal niet te denken. Half Nederland schreef. De uitgevers werden ermee doodgegooid.

Wat hij net van die twee vrouwen gehoord had…dát was het! Zij hadden hem de oplossing aangereikt. Hij liep fluitend verder. Als vrouwen van in de veertig graag een luisterend oor wilden, dan konden ze beide oren van hem krijgen. Het zou niet makkelijk zijn. Juist voor hem niet. Alles was echter te leren. Cursussen genoeg. Hij zou er bovendien zijn hele leven lang profijt van hebben. Wat die vrouwen daarna zeiden, was nog veel belangrijker! Veel vrouwen van die leeftijd werden depressief omdat hun mannen niet naar hen luisterden. Velen voelden zich vermoedelijk niet gehoord en daardoor niet gewaardeerd. Eerst luisteren en daarna depressief maken. Daar lag de oplossing. Er waren genoeg publicaties over hoe je iemand *uit* een depressie kon krijgen. Met enige creativiteit moest het dan toch ook mogelijk zijn om iemand *in* een depressie te krijgen. Simpelweg een kwestie van omkering van adviezen en bestuderen van de oorzaken, dacht hij optimistisch. Als hij haar eenmaal in een flinke depressie had, zou hij een heel eind verder zijn. Dan zou hij haar heel subtiel aanzetten tot suïcide. Dat was het. Dat was weer eens wat anders dan dat geknutsel met capsules en medicijnen. De internetsites bol.com en scheltema.nl bevestigden zijn vermoeden over de veelheid van publicaties op dat gebied. Was ook wel logisch, dacht hij, want het barstte in Nederland van de 'gogen' en mensen die op zoek waren naar zichzelf. Het beste was om zich eerst maar eens te richten op contacten leggen, gespreksvoering en non-verbale communicatie. Later kwamen de publicaties over depressies en zelfdoding wel. De adrenaline in zijn bloed steeg tot ongekende hoogte. Geen gek plan, dacht hij. Je moest alleen met de juiste vrouw in contact zien te komen. Ze moest natuurlijk geen kinderen hebben. Anders werd de spoeling wel erg dun.

Een rijke vrouw van circa veertig. Dát was het! De oplossing was eigenlijk zo voor de hand liggend. Door de eeuwen heen hadden jonge vrouwen hetzelfde gedaan met oude rijke mannen. Stom dat hij nu pas op die gedachte was gekomen. Zou hij zo'n contactadvertentie in de krant plaatsen of op internet? Internet was natuurlijk wel het medium van deze tijd. Eerst nog maar eens uitzoeken wat voor deze leeftijdscategorie vrouwen het beste was. Hij zag de advertentie al voor zich:

Jongeman zoekt rijke vrouw van circa veertig voor een duurzame relatie. Doel huwelijk. Trefwoorden: wederzijds respect, gevoel voor humor, goed gesprek, empathie (zo'n woord deed het vast goed; wat zou Mireille gek opkijken als ze dit zou weten), *reizen, cultuur, wandelen.* Stop!

Het moest natuurlijk geen hele pagina worden. Je kon toch niet alles in zo'n advertentie zetten. Sommige mensen hadden een vreselijke stem, een slechte adem of nare geur. Het bleef een gok. Zelf had hij na veel fruit eten last van winderigheid. Zo'n advertentie kon natuurlijk best korter:

Jongeman zoekt rijke vrouw van circa 40. Doel: huwelijk.

Wat was hier mis mee? Rijk kon je beter niet in een advertentie zetten, dacht hij. Rijke vrouwen zijn veel te achterdochtig en vermoedelijk al een mogelijk doelwit van anderen. Die zouden bovendien nooit in gemeenschap van goederen trouwen. Bemiddeld was ook goed. Een weduwe met een beetje huis en enkele verzekeringen kwam al een aardig eind in de richting van een miljoen. Je moest er niets van in een advertentie zetten. Dat was te expliciet. Het moest kort en krachtig zijn:

Jongeman zoekt vrouw van circa 40.

Veertig was natuurlijk een aanduiding. Begrepen die vrouwen ook wel. Ze zouden best ouder kunnen zijn en er een paar jaar vanaf liegen. Daar had hij zelf ook ervaring mee. Het was niet veel voor een advertentie. Moest hij zijn leeftijd er ook bijzetten of juist niet? Misschien beter van niet. Maakte ze misschien juist nieuwsgierig en bood ze gelegenheid om vrij te fantaseren. Hij besloot geen leeftijd te vermelden. Ze konden immers vrijblijvend reageren en evenzo vrijblijvend het contact afbreken. Was een advertentie eigenlijk wel geschikt? Dat was op dit moment nog niet aan de orde. Hij wist wat hij wilde. Dat was voorlopig genoeg. Essentieel was natuurlijk dat die vrouw verliefd op hem zou worden. Dat zou de eerste zware hobbel worden, besefte hij. Daarna zou ze nog met hem moeten trouwen, wilde hij bij haar geld kunnen komen. Vervolgens moest ze zelf het veld ruimen. Hij kon op zijn cv niet nog een moord erbij hebben.

Hij versnelde zijn pas, opende de deur naar zijn appartementenblok en stapte in de lift. Hij had nauwelijks de deur van zijn huis achter zich dichtgegooid of hij kroop achter zijn vertrouwde Apple-computer, die hij thuis nog steeds prefereerde boven zijn laptop. Hij begon meteen een aantal punten op het scherm te zetten:

1. Wat voor type vrouw?
2. Waar ontmoet je die?
3. Hoe bind je haar aan je?
4. Hoe krijg je d'r geld?
5. Hoe breng je haar tot suïcide?

Hij bekeek met voldaan gezicht de vijf aandachtspunten en typte er met een zelfvoldaan gevoel Ondernemingsplan boven en daarna in cursief: *Jongeman zoekt vrouw van circa 40*. Er kwamen steeds meer associaties bij hem naar boven, maar hij stopte met typen en klikte voor alle zekerheid zijn hele scherm schoon. Hij keek bij bol.com en scheltema.nl wat er allemaal te koop was op het gebied van communicatie voor vrouwen. Het was zoveel dat hij besloot om even bij Scheltema op het Koningsplein te gaan kijken. Die had vijf etages met boeken en tijdschriften. Meer dan hij gewend was bij zijn vertrouwde boekhandel Dekker & Van de Vegt in Nijmegen. Beide schonken gelukkig lekkere cappuccino's.

Een boek moest je in je hand kunnen nemen, even aan ruiken, bladeren en vooral voelen. Voelen vonden vrouwen heel belangrijk, had Mireille tenslotte gezegd. Hij voelde volgens haar te weinig. Bedoelde ze natuurlijk geen boeken mee. Hij was al aan het veranderen. Moest Mireille eens weten. Misschien wou ze hem dan wel weer terug. Dat ging echter niet meer, want ze was geen 40 en ook niet bemiddeld, bedacht hij.

Vanaf het moment dat hij in Amsterdam was komen wonen, kocht hij bij Scheltema zijn boeken en de opiniebladen. Meestal een *Vrij Nederland* en een *Groene*, soms een *HP-De Tijd* of een *Elsevier*. De laatste bladen kocht hij alleen als er artikelen in stonden die hem speciaal interesseerden.

Hij vroeg één van de boekverkoopsters om een stapeltje tijdschriften voor zijn tante van veertig. Daar maar mee beginnen, dacht hij. Leer je op een makkelijke manier wat vrouwen interesseert. Zo'n verkoopster wist vast wel wat die vrouwen allemaal lazen.

'Wat voor soort vrouw is je tante?' vroeg ze, terwijl ze ineens een glas thee pakte. Waar dat glas thee in zo'n grote zaak ineens vandaan kwam, snapte Paul niet. Misschien liep hier ook wel zo'n theejongen zoals hij in Turkije vaak had gezien. Hij keek rond of hij iets dergelijks kon ontdekken. Hij zag echter niemand.

'Wat voor een soort vrouw is je tante?' vroeg de verkoopster nogmaals.

'Oh…bemiddeld, weduwe, havo en voor haar leeftijd nog redelijk progressief!' reageerde hij nogal secondair. 'Kan er ook cadeaupapier om?' vroeg hij quasi nonchalant om zich een houding te geven.

Met haar linkerhand pakte zij alvast het cadeaupapier, keek hem glimlachend aan en zei met een spottende stem:

'Natuurlijk! Je wilt zeker erven?'

Paul schrok zich rot en stamelde:

'Als het kan…wèl!...maar ik heb nog acht neefjes en nichtjes.'

'Als ze maar veel heeft, doet het er niet zoveel toe!' reageerde ze ad rem. Ze lachte en pakte *Cosmopolitan, Elle, Marie Claire, Opzij, Grasduinen, Prettig Wonen* en *Santé* en vroeg en passant of zijn tante misschien ook belangstelling had voor de verschillen in communiceren tussen mannen en vrouwen.

'Ja, dat denk ik wel!' zei hij enigszins aarzelend. Ik in ieder geval wel! dacht hij.

'Dan heb ik hier een leuk boek van Deborah Tannen in een goedkope herdruk. Gaat al jaren lang als warme broodjes over de toonbank. Als ze het nog niet kent, zal ze het vast interessant vinden! Of wordt het misschien teveel?'

'Nee hoor, zei Paul. 'Ik krijg ook altijd grote cadeaus van haar.'

'Misschien vindt ze het leuk? Als ze het al heeft, mag je het ruilen. Bonnetje bewaren.'

Hij had nog nooit iets van haar gelezen, maar het leek hem heel geschikt voor het doel dat hij voor ogen had.

'Doe er maar bij. Lijkt me een mooi boek.'

Hij rekende af, ging naar huis en begon meteen door de tijdschriften te bladeren. Een vloedgolf van informatie kwam over hem heen. Hij las in de *Opzij* dat vrouwen meer romans lezen dan mannen, vaker naar literaire tv-programma's kijken en maar één procent van het kapitaal in de hele wereld in handen hebben. Op een heel klein deel van die ene procent was hij op zoek. Vrouwen die op zoek waren naar mannen met geld maakten in dit opzicht duidelijk meer kans. Over die ongelijkheid van kansen hoorde je nooit iemand. Hij las verder dat seks steeds meer beleefd werd als bevestiging van de relatie en dat veel vrouwen nog steeds vinden, dat ze emotioneel tekort komen tijdens het vrijen en dat 5,6% meteen na de eerste afspraak met een nieuwe relatie in bed duikt. Dat was niet veel. Wel toevallig dat ik die 5,6% bijna altijd ontmoette, dacht hij. Misschien woonden die allemaal in Nijmegen en Amsterdam. Goed dat ik het nu weet. Niet te hard van stapel lopen! Onthouden! Hij werd bevestigd in zijn eigen ideeën over emotionele ontwikkeling door een Amerikaans onderzoek, waaruit bleek dat jongens vrijwel niet gestimuleerd werden om over hun emoties na te denken en dat vrijwel alle psychologen het erover eens waren dat de relatie ouders-kind van grote betekenis was voor het later goed functioneren in intieme relaties. Onthullend vond hij een opmerking van Joke Hermsen over een bestaande Amsterdamse hoogleraar filosofie. Die man had met veel machtsvertoon een hoogleraarschap voor zijn buitenlandse minnares weten te versieren waarbij zelfs het college van bestuur hem tot het laatst toe steunde. Paul was verbaasd. Als mannen op dat niveau nog steeds zo met macht en emoties omgingen, hadden die twee vrouwen bij Het Muziekgebouw aan 't IJ helemaal gelijk: 'Alles wat een man meer heeft dan een aap, is meegenomen.' Geen wonder dat er dan zoveel vrouwen depressief raakten, dacht hij.

Paul kocht in de weken erna tientallen tijdschriften en boeken over vrouwen, emancipatie en relaties. Ook bestelde hij een groot aantal romans en diverse geluksboeken die besproken werden in kranten, bladen of op internet. Met name door de voorbeelden in de boeken over positief denken en zelfontwikkeling, werd hij zich bewust dat de wil van grotere betekenis was om de door jezelf gestelde doelen te bereiken, dan hij ooit gedacht had. Hij begon in te zien dat new age-figuren, die beweerden dat – als je maar wil – je tot veel in staat bent, soms krachten in de mens naar boven konden halen die anders versluierd aanwezig bleven. Iets wat hij tot nu toe als onwetenschappelijke prietpraat had beschouwd. Tijdens het ene jaar psychologie in Nijmegen had hij herhaaldelijk gehoord dat de mens een psychosomatische eenheid was. Maar tijdens het lezen van al die vrouwenbladen en boeken drong het pas echt tot hem door dat lichaam en geest elkaar meer beïnvloeden dan hij ooit gedacht had. Met name door de literatuur op het terrein van de verbale en non-verbale communicatie werd hij zich bewust dat een groot deel van alle communicatie helemaal niet door woorden, maar door middel van lichaamstaal plaatsvond. Wat had hij dan toch veel afgeluld zonder zich te realiseren dat hij maar zo'n beperkt deel van wat hij wou overbrengen daadwerkelijk overbracht, dacht hij met enige zelfspot. Wat dat betreft had Mireille wel gelijk gehad toen ze zei dat hij te veel cognitief en te weinig emotioneel in het leven stond. Een goede communicatietraining op het gebied van het non-verbale was een absolute vereiste om het door hem gestelde doel te bereiken. Anders kon hij het wel schudden. Mireille moest eens weten hoe hij zich ontwikkelde in de door haar gewenste richting. Ze zou gek opkijken. Haar kans was nu echter voorbij. Andere interessante vrouwen gingen voor.

Als lichaamstaal zó belangrijk was, moest hij de betekenis van het lichaam ook niet onderschatten, concludeerde hij. Hij was eigenlijk best tevreden met zijn lijf, maar hij realiseerde zich dat hij er niet tevreden mee mocht zijn als hij zijn plannen een optimale kans van slagen wilde geven. Hij liep de badkamer in en bekeek zichzelf eens goed in de spiegel. Het was lang geleden dat hij zichzelf zo had gadegeslagen. Hij observeerde zijn lichaam alsof hij zojuist een uittreding gerealiseerd had. Hier zou hij het toch echt mee moeten doen, dacht hij. Wat kon hij hier nu aan verbeteren? Hij was één meter achtentachtig. Daar viel niet veel aan te veranderen. Alleen voor het geval zich een grotere vrouw aandiende zou een schoenzoolverdikking à la Berlusconi misschien wenselijk zijn, dacht hij en glimlachte naar zichzelf in de spiegel. Die lach kon trouwens ook nog wel iets opener, constateerde hij bij het zien ervan. Zou niet gemakkelijk zijn! Hij keek naar zijn grote bos blonde krullen die op zijn schouders hing. Meisjes hadden zijn haar altijd erg mooi gevonden en kroelden er vaak in met hun vingers. Een vrouw van veertig zou zijn wilde haarbos vermoedelijk te opvallend vinden voor een mogelijke levenspartner die ook nog zoveel jonger was dan zij. Hij zou zich een modern, gedekt en niet al te jeugdig kapsel moeten laten knippen. Hij was slank, een beetje schriel. Zijn schouders en bovenarmen hadden te weinig vlees en spiermassa. Daar moest met behulp van een diëtiste en een goede sportschool iets aan te doen zijn. Desnoods met behulp van wat anabolen. Zijn aanstaande vrouw zou zijn urine heus niet op doping gaan controleren. Alhoewel…je kon geen blad meer openslaan of er stond wel een artikel over doping in. Zijn ogen stonden vaak flets en vermoeid. Die zouden gemakkelijker wat pittiger kunnen worden door gekleurde contactlenzen. Als hij toch iets aan zijn ogen ging doen, zou een schoonheidsspecialiste zijn dikke, iets doorlopende wenkbrauwen ook wat bij kunnen werken. Zou een wat betrouwbaarder indruk geven. Hij had een tamelijk witte huid. Dat maakte hem nog jonger dan hij al was. Een paar zonnebankjes en een zonnetripje zouden dat – voordat hij op veroveringspad zou gaan – moeten kunnen oplossen. Hij had gelukkig mooie handen. Mireille had vaak gezegd dat hij mooie, lange vingers had. 'Pianovingers' noemde zij ze.

Jammer dat hij niet spelen kon. Hij moest alleen niet vergeten ze goed te verzorgen zodat ze zacht bleven, herinnerde hij zich ineens een kritische opmerking van haar. Hij hield zijn gezicht dicht bij de spiegel en keek naar het wratje op zijn rechterwang. Veel mensen noemden zoiets een schoonheidsfoutje. Hij had wratten, niet alleen bij anderen, maar ook bij zichzelf altijd afstotelijke uitgroeisels gevonden. Bij oudere mensen groeide er vaak een haar op. Toppunt van onsmakelijkheid. Die wrat moest zo snel mogelijk weg. Je zou net zien dat die vrouw die hij ontmoette, dezelfde gevoelens op dat punt zou hebben als hij. Hij wou geen enkel risico nemen. Dit was meteen een goede gelegenheid om zijn eigen ergernis erover weg te nemen. Hij herinnerde zich ineens de hoofdpersoon uit Pirandello's roman *Iemand, niemand en honderdduizend* die zichzelf in de spiegel stond te bekijken en terloops van zijn vrouw te horen kreeg dat zijn neus scheef stond. De geschrokken man werd zich toen ineens bewust dat hij zijn eigen lichaam niet kende en dat hij niet was wie hij dacht te zijn. Hij concludeerde toen dat hij niet één persoon was, maar meer. Dat laatste herkende Paul in zekere mate bij zichzelf ook, maar wilde zich daar nu niet mee bezighouden. Gelukkig, dacht hij, kende hij zijn lichaam wel goed en was hij zich bewust van zijn onvolmaaktheden. Hij was ze zelfs één voor één aan het inventariseren om ze daarna te transformeren. Het resultaat van zijn aanpak zou niet zozeer een mooie alswel een verleidelijke Paul moeten opleveren.

Als zijn lichaam belangrijk was, moest zijn kleding ook belangrijk zijn, dacht hij. Zijn eeuwige spijkerbroek en T-shirt zou hij moeten inruilen voor een paar sportieve combinaties en een paar vlotte pakken. Zaken genoeg in Amsterdam om zich te laten adviseren. Het viel allemaal nogal mee, concludeerde hij toen hij nog een laatste blik in de spiegel wierp. Gelukkig hoefde alles niet ineens. Zijn buren moesten niet denken dat hij een nieuwe bewoner was of aan een metamorfoseprogramma op de tv had meegedaan. Hij zou wel snel aan de slag moeten met zijn spieren en zijn gewicht. Dat zou een kwestie worden van veel eten en zweten. Morgen meteen beginnen in een goede sportschool en elke dag volhouden. Hij zag het wel zitten, al moest hij zichzelf geweld aandoen.

'Gelóóf dat het gaat lukken – en het lukt!' zei hij met een brede grijns tegen zichzelf in de spiegel. 'Tsjakkaa!' Van wie was dat woord ook alweer? Youp van 't Hek of Ratelband?

Uit de tijdschriften, boeken en contactadvertenties was hem duidelijk geworden dat het niet alleen om het uiterlijk ging. Als 'binnenkomer' was een goed uiterlijk noodzakelijk voor zijn plannen, maar hij wilde meer. Hij wilde niet alleen binnenkomen; hij wilde binnenblijven. Een positieve uitstraling was daarvoor heel belangrijk. Hij zou, had hij begrepen uit de vrouwenbladen, daarvoor moeten gaan werken aan tal van verbale en non-verbale gedragingen: ingaan op gevoelens, bewust oogcontact maken, instemmend knikken op het juiste moment, subtiel spiegelen van houdingen, zodat onbewust een gezamenlijke band gevoeld zou worden. Een goede relatie met een vrouw opbouwen was een hele opgave voor een man; zeker voor iemand als hij.

Daarnaast had hij nog diverse zaken gelezen die van belang leken om een goede relatie te bevorderen. De meest genoemde waren de bekende luisterende en onderhoudende attitude, blijk geven van waardering en vertrouwenwekkend optreden. Op diverse plaatsen las hij dat vrouwen het op prijs stellen als mannen niet alleen oplossingsgericht, maar ook relatiegericht kunnen praten. Het waren bijna allemaal punten waarin hij volgens Mireille niet hoog scorde. Dat had ze hem in het verleden wel duidelijk gemaakt. Er was dus veel werk aan de winkel voor hem. Gebrek aan optimisme zou zij hem in elk geval niet kunnen verwijten als ze wist wat hij van plan was. Er was nog een lichtpuntje volgens hem. Bijna alle deskundigen waren het erover eens dat humor tussen de sexen van groot belang is. Mogelijk omdat gebruikers van humor blijk geven te kunnen relativeren, veronderstelde hij. En misschien ook nog wel dat humor vaak andere kanten van een zaak laat zien, een soort open staan voor andere werkelijkheden; eigenlijk een vorm van luisteren naar de complexiteit van de werkelijkheid. Gevoel voor humor had hij wel, maar meestal à la Gummbah. Vermoedelijk iets te absurdistisch voor veel vrouwen van die leeftijd. Moest hij ook iets aan doen. Dat betekende concreet: meer Herman van Veen dan Theo Maassen en meer Stefan Verwey dan Willem.

Contact leggen en een goede relatie opbouwen met een vrouw van circa veertig zou niet gemakkelijk zijn. Een contactadvertentie leek hem toch niet de meest geëigende vorm. Later misschien. Als het na enkele maanden nog niet gelukt was. Wanneer hij zo'n vrouw gevonden had, zou hij ervoor moeten zorgen dat ze verliefd op hem werd. Dat zou een grote klus worden, gezien zijn leeftijd. Hij zou al zijn registers moeten opentrekken en alles tot in detail moeten plannen.

Paul ging aan zoveel mogelijk aspecten tegelijk werken. Binnen een half jaar moest hij niet alleen lichamelijk, maar ook gedragsmatig zijn veranderd. Een soort 'extreme make-over.' Het was nu één november; op één mei zou zijn metamorfose voltooid moeten zijn. Dagelijks trainen in de sportschool, wekelijkse bezoeken aan een opleidingscentrum voor verbale en non-verbale communicatie en het lezen van diverse, relevante bladen en boeken maakten zijn week aardig gevuld. Hij schreef nog maar sporadisch een artikel. Zijn geld slonk zienderogen. Hij sloot een tweede hypotheek af op de overwaarde van zijn appartement en kon weer een poos vooruit.

Selectief eten, een schoonheidsspecialiste en goede kapper, gekleurde contactlenzen, massages en geregeld een zonnebankje zorgden ervoor dat zijn gezicht er volwassener en aantrekkelijker uit ging zien. Tot zijn eigen verbazing zag hij dat één uur trainen per dag in de sportschool en een op zijn doel afgestemd dieet, in een paar maanden zijn bovenlichaam gespierder en forser maakten. Dat de dagelijkse portie anabolen, die hij van een fanatieke bodybuilder kocht, daar ook een factor in was, besefte hij terdege. Hij zag dat echter als een tijdelijke, maar noodzakelijke investering.

Het fitnessen op zich beschouwde hij als één grote gekte. Al die mensen naast, voor en achter elkaar op een paar vierkante meter lopend, fietsend, trekkend, duwend maar vooral zwetend. Sommigen hadden schema's van beklimmingen en afdalingen van bergtoppen voor zich op het stuur van hun hometrainers. Anderen discussieerden over de zwaarte van de halters en hielden hun verrichtingen nauwkeurig bij op een blocnote. Hij keek zijn ogen uit. Zittend in zo'n lullig roeibootje met een draad en een vliegwiel, dacht hij de gekste dingen: misschien zaten al die zwetende mannen – net als hij – achter dezelfde bemiddelde vrouw van circa veertig aan. Misschien hadden ze allemaal door een kosmische storing in de hersens tegelijkertijd eenzelfde ondernemingsplan gemaakt? De meeste mannen van middelbare leeftijd die bezig waren hun buikvet weg te werken, beseften vermoedelijk niet dat ze door hun lidmaatschap van de fitnessclub hoge ogen gooiden geen hart- of herseninfarct te krijgen, maar daardoor wel meer kans hadden gezond dement te worden. Als je foto's van die zwoegende en zwetende massa zou maken en opsturen naar Amnesty International zou er een grote kans bestaan dat Amnesty een onderzoek zou starten naar de gefotografeerde mensonwaardige toestanden. Dat die mannen en vrouwen dit allemaal uit vrije wil deden om er beter uit te zien of om gezonder te lijken, zou je niet denken als je ze bezig zag. Hij vond het juist een bewijs van onvrije wil! Op dezelfde manier waarop iedereen gepushed werd zijn huiskamer een nieuw kleurtje te geven en de badkamer te renoveren, werden deze mensen gedwongen hun lijven te modelleren naar de eisen van deze tijd. In hun vakanties genoten velen van de prachtige boeddhabeelden met ronde buiken. Terug in Nederland gingen ze echter allemaal weer monomaan aan de slag om van hun buik een wasbord te maken.

In een chique cosmeticazaak kocht hij een mooie toilettas. Hij vroeg de mooist opgemaakte verkoopster welke aftershave, geurtjes, shampoo, zeep, tandpasta, nacht- en dagcrèmes het beste waren om aan zijn vader van vijfenveertig cadeau te geven. Zijn moeder die zijn vader het meest zou ruiken, zei hij, had een goede smaak, dus hij stelde het advies van de verkoopster erg op prijs. Zij genoot zichtbaar van het plezier waarmee hij haar aanhoorde en aan alles rook. Hij stond versteld wat er voor mannen allemaal was om ze aantrekkelijker te maken.

'Ik wist niet dat er zoveel is voor ons,' zei hij.

'De meeste mannen weten niet hoe belangrijk geuren zijn. Geuren beïnvloeden mensen veel meer dan ze denken. Ook bij het kiezen van een partner,' zei de verkoopster die zelf ook aantrekkelijk rook. Ze was helaas ongeveer even oud als hij. Hij hoefde aan haar geen tijd te besteden. Misschien over een paar jaar, dacht hij optimistisch, wanneer alles volgens plan verlopen was. Hij ging met een toilettas vol en enkele honderden euro's lichter naar huis.

Het type vrouw dat hij op het oog had zou, behalve aan geuren, vermoedelijk ook belang hechten aan een goed glas wijn en een lekker hapje eten. Hij volgde daarom een cursus *Wijnproeven* en een cursus *Koken voor mannen*. Hij kreeg zo'n plezier in beide cursussen, dat hij zelfs spijt kreeg dat hij dit allemaal niet veel eerder had gedaan. Zulke leergangen zouden eigenlijk in het basispakket van elke opleiding moeten zitten, dacht hij. Paul zag zijn oude leraar klassieke talen al een bijscholingscursus *Wijnproeven* volgen en ladderzat de Odyssee voordragen met een keukenschort voor. Tegelijkertijd schreef hij zich ook in voor een cursus *Moderne kunst begrijpen* die gegeven werd in het *Stedelijk Museum*. Hij ging daar niet zozeer heen om het onderwerp, alswel om ervaring op te doen in het converseren met oudere vrouwen. Hij veronderstelde dat hij die daar wel zou tegenkomen. Toe hij er heen ging op zondagmorgen, schrok hij zich kapot. Er zaten in de groep minstens vijf vrouwen van midden veertig en nog zeven van boven de vijftig. Na de voordracht was er een discussie, gevolgd door een rondleiding. Toen ze aan het einde van de rondleiding bij Braque's *Stilleven met kan en flessen* uit 1909 stonden te kijken en de cursusleidster zei, dat het één van de werken was die Mondriaan in 1911 had doen besluiten naar Parijs te gaan, zei één van de vrouwen tegen hem: 'Wat interessant allemaal, hè! Vindt u ook niet?'

Paul beaamde dat en schrok. Moest hij nu al serieus beginnen? Hij besloot in een fractie van een seconde om het niet te doen. Hij was per slot van rekening gegaan om te oefenen. Wel probeerde hij het gelezene op het gebied van de non-verbale en verbale communicatie direct op haar toe te passen. Hij keek haar recht in de ogen, glimlachte, knikte lichtjes met zijn hoofd en ging een klein eindje in haar richting. Vervolgens pakte hij de met beide handen vastgeklemde documentatiemap in zijn linkerhand en liet zijn rechterhand naast zijn lichaam hangen, zodat hij een wat opener houding kreeg dan voordien. Met een rustige en zo warm mogelijke stem zei hij: 'Inderdaad het was erg boeiend. Zo zie je de ontwikkeling ineens veel concreter voor je.'

Hij schrok van zijn eigen – voor zijn doen langzaam uitgesproken – volzinnen, maar zag aan haar ogen dat het werkte. Leuke oefendag, dacht hij. Alleen vervelend om het de komende tijd zo te moeten blijven doen. Nou ja, all in the game!

'Weet u veel van kunst, als ik zo brutaal mag zijn om dat te vragen?' vroeg ze.

'Natuurlijk mag u dat vragen,' zei Paul met een zo breed mogelijke glimlach.

'Ik ben geen deskundige, maar ik lees veel artikelen over kunst en ik bezoek af en toe een museum.'

Ze gingen als afsluiting van de eerste cursusdag in het restaurant van het museum een kop koffie drinken. De vrouw was – Paul voelde dat ze het bewust deed – naast hem komen zitten. Ik moet nog oppassen, dat ik vandaag al niet aan zo'n oude teef vast blijf zitten. Mag een mens soms ook nog wennen aan nieuwe omstandigheden? dacht hij.

Ze vertelde dat ze in Hoofddorp woonde en dat ze zich niet alleen voor deze cursus had ingeschreven, maar ook voor een cursus Italiaans, omdat ze vaak op vakantie naar Italië ging. Haar man was twee jaar geleden overleden. Paul kreeg het benauwd. Nu nog niet, hè! dacht hij vertwijfeld. Hij dacht aan de afspraak die hij vanavond had met een studievriend uit zijn Nijmeegse tijd.

'Mijn man is overleden aan een hartinfarct. Hij was apotheker. Hij werkte veel te hard. We kwamen aan museumbezoek bijna niet toe. Wel gingen we altijd twee keer per jaar naar Italië. Daar keken we wel veel kunst,' zei ze. 'De meeste mensen vinden de Sixtijnse Kapel erg mooi, maar wij vonden de Maria in Trastevere minder bombastisch en veel mooier. Als we in Rome waren, gingen we er altijd even heen. De laatste keer dat we er waren, was er een begrafenis. Zo indrukwekkend en zo'n mooi koor,' zei ze. 'Prachtig!'

Paul dacht: Zeg nu meteen dat je zes kinderen hebt, dan moet ik je wel doorstrepen! Ze vertelde hem, dat ze een tweede huisje had in Italië, daar erg genoot van het mooie weer en van hun prachtige tuin. Ze zei ook dat ze veel las en erg genoten had van *De naam van mijn vader* van Ileana de la Guardia. Paul wilde haar vragen of ze *Extreem luid & ongelooflijk dichtbij* van Foer ook zo mooi vond, maar bedacht zich bijtijds toen hij zich herinnerde dat op de eerste pagina al stond dat het leuk zou zijn om je anus woordjes te leren zeggen als je winden laat. Hij vroeg daarom maar of ze *De zomergast* van Justin Cronin soms gelezen had en of ze daar ook zo van genoten had. Dat was een schot in de roos. Ze werd bijna lyrisch en schoof iets dichter naar hem toe. Hij kende dat signaal. Het klamme zweet brak hem uit en hij kreeg spijt dat hij geen vochtige verfrissingsdoekjes bij zich had. Je moest bij zulk soort ondermingsplannen overal aan denken. Eindelijk kwam het verlossende woord eruit: 'Ik geniet ook erg van mijn kleinkinderen. Mijn dochter heeft een tweeling. Ze is getrouwd met een piloot van de KLM en woont vlakbij me in Hoofddorp.'

Verdomme, dacht Paul, had ik bijna met een oma in bed gelegen. Hij haalde opgelucht adem, maar was nog niet van haar af. Ze vroeg of hij *Wilde Zwanen* van Jung Chang

79

kende. Toevallig had hij het een paar jaar geleden bij een vriendin zien liggen en een paar pagina's eruit gelezen. Hij vertelde dat hij het kende en dat hij vooral de geschiedenis van de grootmoeder knap geschreven vond en bewondering had voor het doorzettingsvermogen van de drie vrouwen. Om dat te kunnen zeggen hoefde je niet een heel boek gelezen te hebben, dacht hij. De achterflap lezen en even doorbladeren bleken voldoende. Zoveel interesse voor al die familie-ellende had hij ook weer niet. Hij had genoeg misère in zijn eigen familie meegemaakt. Ze genoot zienderogen van hun gemeenschappelijke ervaringen. Paul was dan ook niet verbaasd dat ze vroeg of hij soms samen met haar wilde lunchen: 'Dan kunnen we nog even gezellig over literatuur doorpraten!'

Hij vond dat hij voor vandaag genoeg geoefend had en loog dat hij om twee uur een afspraak had. Het was of de uitdrukking van haar gezicht even veranderde. Alle warmte verdween en haar ogen keken hem aan met dezelfde onderzoekende en verwijtende blik als zijn moeder, jaren geleden bij het dode lichaam van zijn vader. Het was of zijn verleden hem weer probeerde in te halen. Paul besloot meteen een eind aan deze bijeenkomst te maken. Hij gaf haar een klamme hand, ging snel naar huis en nam een warme douche.

5. Amstelveen

Paul zat met een gebruind gezicht en met een modern, gedekt kapsel op het terras van de Amstelveense tennisclub *De Kegel*. Hij had besloten dat de make-overperiode vanaf nu voorbij was. Hij voelde zich als iemand op sollicitatiebezoek. Dat kwam niet in de laatste plaats door de nieuwe kleren die hij aan had. Hij was sportief gekleed: een taupe jack over een wollen trui met een dessin van marineblauwe, zeegroene en wijnrode driehoeken met daaronder een donkergroene spijkerbroek. Hij zag er leuker uit dan hij zich voelde. Hij miste zijn oude blauwe spijkerbroek en T-shirt, maar dat was allemaal een kwestie van wennen, hield hij zichzelf voor. Hij keek opzij naar Ineke, zijn vriendin, een knappe brunette van achtentwintig met een korenblauw jasje over een rood T-shirt en daaronder donkerblauwe jeans.

Hij had haar drie maanden geleden op een houseparty ontmoet. Na enkele uren dansen had hij haar naar haar kamer gebracht in Amsterdam-Zuid. Ze vroeg of hij nog zin had om iets te drinken. Van het één kwam het ander. Na anderhalf uur bedreven ze de liefde en na nog eens anderhalf uur sliepen ze in de lepeltjeshouding alsof ze elkaar al jaren kenden.

Paul had besloten om samen met een vriendin op zoek te gaan naar zijn aanstaande, omdat hij dan gemakkelijker in contact met andere vrouwen kon komen. Onderzoek had namelijk aangetoond dat een liefhebbende vrouw in je aanwezigheid, positieve gevoelens opriep bij andere vrouwen. Bovendien zou hij dan meer ontspannen en uitgerekender tewerk kunnen gaan omdat niet alle aandacht op hem gevestigd zou zijn. Hij had het verstandig gevonden om al snel tegen Ineke te zeggen dat zij voor hem niet de ware was, maar dat hij – zolang ze beiden hun definitieve partner nog niet gevonden hadden – graag met haar een relatie wilde onderhouden. Ze had zijn duidelijke standpunt gewaardeerd en vond dat best. Ze gingen samen naar de film, bezochten tentoonstellingen, aten en sliepen geregeld bij elkaar. Hij zou, wanneer hij eenmaal wist waar de door hem gezochte vrouw zich bevond, haar best nog een gedeelte in zijn plan kunnen laten meedoen. Niet alleen omdat zij meer mogelijkheden zou geven tot direct contact, maar ook vanwege het voorbeeld van een goede relatie. Hij zou bijvoorbeeld kunnen laten zien hoe vrouwvriendelijk en galant hij was. Hij besefte terdege dat dergelijk gedrag van meet af aan vereist was, want anders zou Ineke zich kapot schrikken bij de eerste ontmoeting van zijn mogelijke aanstaande.

Ondertussen werd hij steeds nieuwsgieriger naar zijn toekomstige echtgenote. Hij had lang nagedacht over het type vrouw dat hij zocht en de locaties waar hij haar zou kunnen treffen. Behalve musea zou hij een vrouw met de benodigde financiën en de latente behoefte aan een man het meest waarschijnlijk kunnen ontmoeten in de schouwburg of de concertzaal, op tennisclubs en veilingen, tijdens cursussen kunstgeschiedenis en vakanties voor alleenstaanden. Toevallige ontmoetingen bij wijnen of tijdschriften in Albert Heijn, de boekhandel en banken sloot hij niet uit, maar leken hem niet zoveel kans te maken. Die plande hij niet. Hij zou er echter wel goed om zich heen blijven kijken.

Hij begon met alle tennisclubs te inventariseren in de buitenwijken van Amsterdam, Badhoevedorp, Oudekerk en Amstelveen. Op basis van het aantal leden en de mogelijkheid meteen te beginnen, koos hij de Amstelveense tennisvereniging *De Kegel*. Voordat hij dat deed kocht hij een moderne tennisuitrusting en nam dertig privé-lessen op een indoorbaan in Amsterdam. Ondertussen vroeg hij documentatie aan voor vakanties voor alleenstaanden en kocht kaartjes voor concerten van André Rieu en Wibi Soerjadi, beiden lievelingen van de doelgroep die hij voor ogen had.

Ineke reageerde enthousiast toen Paul haar vroeg of ze zin had om af en toe met hem een partijtje te tennissen. Op de middelbare school had ze vroeger met veel plezier getennist.

Toen ze op een zonnige morgen voor het eerst naar tennisbaan *De Kegel* gingen om samen een balletje te slaan, krioelde het van de vrouwen bij de bar, op het terras en de banen. Hij schatte het aantal mannen op een derde van alle aanwezigen en constateerde met genoegen dat het aantal vrouwen van boven de veertig groot was. Tot zijn verbazing zag hij dat er ook veel vrouwen èn mannen van ver boven de zestig nog tennisten. De tot expiratie gekomen koopsompolissen hadden de grijze golf kennelijk in staat gesteld om naar vrijwel alle plekken te gaan die gekenmerkt werden door *fun & sun*, constateerde hij.

De volgende weken gingen ze samen geregeld spelen op de banen van *De Kegel*. Paul was blij dat hij tennisles had genomen en op fitness had gezeten, want Ineke tenniste behoorlijk pittig. Meestal speelden ze anderhalf uur, dronken vervolgens wat op het terras en praatten met mensen die ze daar leerden kennen. Daarna wandelden ze meestal in het Amsterdamse Bos of in het Jac. P. Thijssepark, waar Ineke erg genoot van de rust en de prachtige bloemen en planten.

Omdat Paul geen tijd verloren wilde laten gaan, ging hij af en toe ook alleen naar de tennisclub. Nooit geschoten is nooit raak, dacht hij als een echte jager. Hij zou Ineke er intensiever bij gaan betrekken als hij een geschikte vrouw op het oog had en de relatie met Ineke verbreken wanneer hij dacht een goede kans te maken op een serieuze relatie.

Paul schoof aan waar hij aan kon schuiven en dronk meer jus d'orange dan in zijn hele leven ervoor. Hij ontmoette diverse alleenstaande vrouwen van midden veertig, maar de juiste vrouw vinden was niet gemakkelijk. Ze waren al of niet gelukkig getrouwd, hadden kinderen, waren lesbisch of ongevoelig voor zijn avances. Niet onverstandig van de laatsten, dacht hij, maar wel vervelend voor hem.

Op de twaalfde dag was het raak. Hij hoorde één van de vrouwen aan zijn tafeltje zeggen: 'Hé, Carla is er ook weer.'

Hij zag de vrouwen een steelse blik in de richting werpen van de ingang. Een blonde, stevige vrouw met een alledaags, maar niet onvriendelijk gezicht, liep in witte tenniskleding met een blauwe sweater om haar nek en een paar stevige benen onder haar witte tennisrokje, in de richting van de banen.

'Flink van haar. Die heeft een zware tijd achter de rug,' zei één van de vrouwen.

'Je moet er niet aan denken. Zo van het ene moment op het andere.'

'Ze heeft zich er anders goed doorheen geslagen. Goed dat ze weer komt.'

'Wat is er eigenlijk gebeurd?' vroeg een gebruinde blondine van midden dertig. 'Heb ik iets gemist? We zijn net terug van een half jaar States.'

'Haar man is vorig jaar december plotseling overleden aan een hartstilstand.'

'Oh, god. Wat vreselijk. Heeft ze ook kinderen?' vroeg de gebruinde vrouw.

'Nee, dat maakt het extra triest. Ze staat er helemaal alleen voor, maar ze heeft hier gelukkig veel vrienden en vriendinnen. Die hebben haar goed opgevangen.'

Paul wist genoeg en zocht een passend moment om naar huis te gaan. Het werd nu tijd om Ineke er intensiever bij te betrekken.

Toen hij – in gezelschap van Ineke – op een dag Carla met een groepje vrouwen op het terras zag zitten, zag hij dat hij met één van hen wel eens getennist had en vroeg hij of zij er bezwaar tegen had als zij er bij kwamen zitten.

'Kom er gezellig bij!' zei ze en maakte ruimte vrij met haar stoel. Hij liet zijn blik snel langs de ogen van de overige vrouwen gaan en stelde zichzelf en Ineke voor. Ze waren al snel met de groep in een geanimeerd gesprek geraakt. Paul deed zijn uiterste best om een geïnteresseerde en vooral luisterende houding aan te nemen. Ondanks zijn trainingen kostte dat laatste hem nog veel moeite, vond hij achteraf.

Een paar dagen later zaten hij en Ineke op het terras van de tennisclub toen Carla met een vriendin het tennispark opkwam. Hij stond meteen op en zei tegelijkertijd tegen Ineke: 'Heb je zin om te dubbelen? Dan vragen we Carla met haar vriendin.'

'Goed,' zei ze, enigszins verbaasd door zijn gehaaste manier van doen. De beide vrouwen reageerden enthousiast op zijn voorstel. Ze speelden een rustig partijtje tennis. Niemand had behoefte om te tellen. Het doel was voor ieder duidelijk: de bal naar elkaar toeslaan op een voor ieder zo prettig mogelijke manier en genieten van het samenspel.

Na het tennissen gingen ze nog wat drinken op het terras. Paul bood een rondje aan en bracht het geleerde in praktijk door eerst aandachtig te luisteren naar de anderen en daarna een enkele vraag te stellen. Helemaal aan het eind begon hij enthousiast te vertellen over een reis van vijf dagen die hij een maand geleden met Ineke naar Istanbul gemaakt had.

'De mooiste stad die we ooit gezien hebben,' zei hij. 'Prachtige moskeeën, musea, parken en een heel mooi uitzicht over de Gouden Poort. En dat allemaal bij een temperatuur van zo'n drieëntwintig graden. En wat zo fijn is. Bijna alles is op loopafstand. En lóóp je eens te ver, overal zijn taxi's. Die zijn bovendien spotgoedkoop.'

Onder het spreken keek hij Carla enkele keren recht in de ogen en hield het contact heel kort even vast. Ook spiegelde hij op een heel subtiele manier haar manier van zitten. Aan de frequentie en de duur van de oogcontacten merkte hij dat beide vrouwen zijn aanwezigheid op prijs stelden. Kassa! dacht hij ietwat ordinair en zelfvoldaan.

De volgende dag zaten Paul en Ineke aan de bar een cola te drinken toen Carla en haar vriendin hen kwamen vragen of ze wilden dubbelen. Na een gemoedelijk spelletje tennis vroeg hij of ze zin hadden om ergens te gaan lunchen. Ze gingen naar het restaurant schuin tegenover *De Kegel* en waren al snel in een levendig gesprek gewikkeld over het sterk toenemend aantal tuinreizen naar Engeland, Schotland en Wales. Paul had de nodige artikelen erover gelezen en kon een aardig woordje meepraten. Hij luisterde tegen zijn aard in een lange tijd, stelde slechts een enkele vraag om niet te hanig over te komen en zei dat Ineke ook erg van bloemen hield. Hierop reageerde zij, geheel volgens zijn verwachting, met te vertellen dat hij elke week voor haar een mooi boeket liet maken van bloemen die hij zelf bij de bloemist uitzocht. Dat loog zij niet, want hij had dat vanaf het begin van zijn relatie met haar bewust gedaan, omdat hij wist dat bloemen vrouwen vaak emotioneel iets doen. Wat, wist hij ook niet precies, maar het was in elk geval gemakkelijk te organiseren.

Hij maakte tijdens de lunch handig gebruik van de aanwezigheid van Ineke door een keer spontaan zijn arm om haar heen te slaan, haar naar zich toe te trekken en met zijn vork een stukje ananas met gerookte zalm aan te reiken.

'Moet je eens proeven hoe lekker deze combinatie is,' zei hij zacht, terwijl hij zichtbaar genoot hoe zij het proefde in haar mond.

'Heerlijk die combinatie! Kaas met gember vind ik ook zo lekker,' zei ze.

'Doen we dat van de week eens bij de borrel! Muziekje aan, glas wijn en wat hapjes. Wat wil een mens meer?'

Hij vergat niet om onder het gesprek Carla af en toe in de ogen te kijken en subtiel te knikken, toen zij vertelde wat zij mooi gevonden had tijdens één van haar tuinbezoeken. Zij had de laatste keer een roos gekocht die je bij de voordeur al met haar geur tegemoet komt. De naam was haar even ontschoten. Paul vond dit een goede gelegenheid om te vertellen dat hij een jaar gleden een artikel geschreven had over het Mien Ruysplantsoen op het KNSM-eiland.

'Ik kende die hele Mien Ruys niet,' zei hij. 'Maar ik las ergens dat er een soort actiegroep was die daar een oude beeldengroep wilde terugplaatsen. Toen ben ik gaan zoeken op internet en vond ik een heleboel over haar. Hebben jullie wel eens van haar gehoord?'

Geen van drieën kende haar.

'Ze is vooral bekend door haar tuinen in Dedemsvaart. Als je van tuinen houdt, is het de moeite waard er eens heen te gaan. Er zijn daar meer dan twintig! Ze is één van de bekendste tuinontwerpsters van de vorige eeuw. In 1934 heeft ze voor de rederij KNSM een bedrijfsparkje ontworpen dat ze in 1995 weer mocht restaureren. Ze heeft het helemaal gerestyled. Ze was toen al 89. Moet je nagaan! Ze heeft natuurlijk niet meer staan scheppen. Ze had de supervisie. Als je het KNSM-eiland oprijdt ligt het meteen aan de rechterkant, naast het Piraeus-gebouw met die mooie zuilen. Als je daar heen gaat, moet je ook eens aan de overkant in de Kompaszaal gaan koffie drinken. Dat is echt genieten. Goede koffie, prachtig uitzicht en een mooi historisch gebouw.'

Toen Carla hem vroeg hoe hij tewerk ging als publicist, vertelde hij kort over het voorbereiden, het interviewen en het schrijven. Ineke vertelde over haar werk als publiciteitsmedewerkster van een symfonie-orkest en Carla zei bijna aarzelend dat ze na haar mavo was gaan werken op de Rabobank en daar Karel, haar latere echtgenoot, had ontmoet. Drie jaar geleden was hij gepromoveerd tot adjunct-directeur en vorig jaar december was hij plotseling overleden aan een hartstilstand. Ze reageerden beiden ontdaan. Ze merkten dat Carla er nu niet verder over wilde praten en gingen er dus niet op in. Haar vriendin vertelde daarna dat zij na de havo was gaan werken als stewardess bij Martinair. Op één van de vluchten had ze haar man ontmoet die een zaak had in sportartikelen. De sfeer werd zo goed dat Paul besloot een volgende keer Ineke thuis te laten, zijn relatie met haar te verbreken en alle kaarten vanaf nu op Carla te zetten.

Het was vier uur. Paul ging voor de vierde keer naar de tennisbaan om te proberen Carla te ontmoeten. De eerste drie keer waren voor niets geweest. Hij probeerde het nu wat later op de middag. Deze keer zag hij haar al vanuit de verte tennissen met haar vriendin. Hij zwaaide. Zij zwaaide meteen terug en wierp haar hoofd en krullen speels opzij, als een soort toenaderingsritueel op afstand. Hij ging op het terras zitten en bestelde een bitter lemon. Na vijf minuten kwamen beiden op hem af.

'Is Ineke er niet?' vroeg Carla.

'Nee,' zei Paul beteuterd. 'Het is uit tussen ons.'

'Hoe kan dát nou? Jullie leken zo'n ideaal paar. Sorry dat ik het zeg,' zei Carla.

'Ze is verliefd geworden op iemand van haar werk. Ze heeft het meteen eerlijk gezegd. Het is beroerd, maar wat kan ik eraan doen?'

Carla vroeg of hij soms zin had in een partijtje tennis met één van hen.

'Och, ik vind even praten nu eigenlijk wel net zo fijn,' zei hij.

'Zullen we dan ergens een hapje gaan eten?' vroeg ze. 'Het is bij vijven en eer je wat hebt, is het zes uur. Ik rammel nu al van de honger.'

'Ja, gezellig,' zei hij.

'Ik heb trek in Chinees,' zei Carla. 'Jullie soms ook?'

'Ja, lekker,' zei haar vriendin.

'Ik doe graag mee,' zei Paul.

Ze gingen in twee auto's naar een Chinees restaurant in het centrum, bestelden een Chinese rijsttafel voor drie personen en spraken over relaties, verschillen in karakters, Oprah Winfrey en Catherine Keyl. De vriendin van Carla moest om half negen naar huis. Haar man zou om negen uur terugkomen van een zakenreis.

'Jammer!' zei Paul

'Breng jij Carla naar huis?' vroeg ze aan hem. 'We zijn samen met mijn auto gekomen, dus ze kan anders niet terug.'

'Dat is goed,' zei hij en dacht: mooier kan het niet.

Paul bleef samen met Carla natafelen.

'Leuke vriendin heb je,' zei hij. 'Ze heeft heel wat van de wereld gezien en aardig wat mensenkennis. Dat merk je goed.'

'Lieve meid,' zei Carla. 'Staat altijd voor iedereen klaar.'

Hij zag aan haar gezicht, dat ze zijn opmerking over haar vriendin op prijs stelde. Hij had dat verwacht, omdat hij ergens gelezen had dat je door gelijke gevoelens en gedachten over een derde persoon te tonen, een grotere kans maakte om de sympathie te verwerven van je gesprekspartner. Die krijgt dan het gevoel gelijk te hebben en dat bevordert indirect het zelfvertrouwen en de op te bouwen relatie.

Hij schoof iets dichter naar haar toe, keek haar weer iets langer in de ogen dan voorheen en noemde haar vaker bij haar naam om zo meer intimiteit te creëren.

'Wat wil je drinken, Carla? Wat vind je het lekkerste drankje?'

Dat is moeilijk; ik vind veel drankjes lekker. Cointreau en amaretto vind ik erg lekker.'

'Wil je soms allebei?' zei hij lachend.

'Oh nee. Doe maar een amaretto.'

Hij bestelde een amaretto en een crodino.

'Lust jij geen amaretto, Paul?'

'Ik moet nog rijden en dan drink ik nooit,' loog hij.

Hij bracht haar naar huis.

'Waar woon je eigenlijk,' vroeg hij.

'In de Graaf Aelbrechtlaan. Dichtbij het Broerse Park.'

'Oh, bij De Dikkert.'

'Ja,' zei ze. 'Ken je Amstelveen goed?'

'Redelijk,' zei hij. 'Mijn grootouders woonden hier. Mijn grootvader doceerde wijsbegeerte aan de Vrije Universiteit en werkte meestal thuis in zijn huis aan de Keizer Karelweg.'

'Ben jij dan gereformeerd,' vroeg ze.

'Nee,' zei hij. 'Mijn vader is katholiek opgevoed en mijn moeder gereformeerd. In hun studententijd zijn ze beiden uit de kerk gestapt. Ik ben nooit ergens lid van geweest en geloof ook nergens in,' zei hij.

'Dat is ook toevallig,' zei ze. 'Mijn grootouders en ouders waren ook gereformeerd. En ik ben gereformeerd opgevoed, maar toen ik zeventien was ben ik ermee gestopt. Ik had toen een hervormd vriendje. Daar hadden mijn ouders het toen erg moeilijk mee. Daar was ik ook zo kwaad om, dat ik met alles ben opgehouden. Een paar maanden later ook met het vriendje.' Ze moesten beiden lachen. Vreemd eigenlijk, dacht ze. Overal kwam ze gereformeerden of nazaten van ze tegen. Het gaf wel iets vertrouwds. Dat had ze met de meeste boeken van Maarten 't Hart ook. Het was net of je door die gemeenschappelijke ervaringen goede bekenden van elkaar was. Tegelijkertijd kon je wel schieten op dat gereformeerde geloof. Rare tegenstrijdigheid.

'Wat zit deze auto fijn,' zei ze. 'Wat is het voor auto?'

'Een Peugeot,' zei Paul. 'Ik ben altijd gek geweest op Franse auto's en vooral Peugeot. Zit erg prettig. Bovendien vind ik de vormgeving mooi.'

Carla wist niet veel van auto's, maar vond het een mooie wagen. Hij had een goede smaak. Dat zag ze ook aan de gechintzte regenjas en de geblokte cashmere shawl op de achterbank. Vanuit haar ooghoeken keek zij naar het stuur en zijn handen. Ze had allang gezien dat hij mooie handen had. Ze kon met haar ogen nooit van andermans handen afblijven.

Vooral vingers en nagels biologeerden haar. Gelukkig geen nagels die in de breedte net zo groot waren als in de lengte. Die vond ze vreselijk. Hij had lange, mooie vingers zonder nicotinevlekken, geen ringen en goed verzorgde nagels. Precies op de rand van de vingers geknipt en niet ervoor. Om zijn pols had hij een eenvoudig Swatchhorloge. Nog geen vijftig euro. Eigenlijk hield ze niet van die goedkope horloges, maar dit was geen lelijk model: muisgrijze band met een niet opzichtig, grijs-zwarte gestreepte wijzerplaat. Hij had smaak en deed in elk geval niet dikdoenerig. Ze begon hem aardig te kennen, dacht ze met een verstolen blik op zijn handen.

Terwijl hij rustig de kortste route naar haar huis reed, hield hij een heel betoog over de complexiteit van menselijke voorkeuren. Hij begon met zijn auto en eindigde zijn voorliefde voor Japanse tuinen met waterpartijen. Alhoewel ze zelf in een vrijwel nieuwe Saab van haar overleden man reed, interesseerden auto's haar niet veel. Als ze maar een automaat en stuurbekrachtiging hadden vond zij het allang best. De belangstelling die hij toonde voor zowel auto's als tuinen vond ze grappig. De meeste mannen kwamen niet veel verder dan auto's en vrouwen. Alleen tuinen had ze trouwens te soft gevonden. Een beetje macho mocht ze ook wel weer. Gelukkig combineerde hij beide aspecten zowel in zijn voorkomen als in zijn gesprekken.

Hij heeft een mooie kop, dacht ze. Mooie blauwe ogen, een scherpe kaaklijn, een goed getekend gezicht, jeugdig maar wel krachtig. Iets te glad gezicht. Zelfs geen litteken of wratje. Jammer, een wratje kon zo manlijk staan op een mooie kop, dacht ze. Robert De Niro stond het ook zo goed. Paul was in ieder geval een mooie man. Ook toevallig dat het net uit is met zijn vriendin, dacht ze.

'Bij de volgende zijstraat en dan nog driehonderd meter; aan de rechterkant,' zei ze plotseling. Bijna was ze haar eigen huis voorbijgereden. Paul zag aan haar gezicht en schouders dat ze licht gespannen was. Hij stopte voor een grote, vooroorlogse twee-onder-een-kapwoning.

'Zullen we nog wat drinken?' vroeg ze.

'Als je het niet te laat vind?'

'Nee, ik vind het juist gezellig!'

Ze liep over de grote oprit voor hem uit naar de voordeur. Het buitenlicht en de verlichting in de hal sprongen automatisch aan. Naast de deur stond tegen de muur een crèmekleurige roos te bloeien. Een heerlijke geur hing om de voordeur. Het naamplaatje op de deur boven de brievenbus was eraf gehaald. De schroefgaatjes waren nog niet opgevuld. Er had vast alleen maar de naam van haar overleden man opgestaan, dacht Paul. Anders had het er nog wel opgezeten. Stom van een bankdirecteur, dacht hij. Hij had vooruit moeten denken. Nu raakte zijn naam al in de vergetelheid.

Terwijl ze de deur haastig opende, zei hij:

'Wat ruikt die roos heerlijk. Is het een Alberi Barbier?'

Ze draaide zich verbaasd om en zei:

'Hoe weet jij dat?'

'Ik ruik het,' zei hij. 'Het is één van de weinige rozen die naar appels ruikt.'

'Dat je dat weet,' zei ze verbaasd.

'Het is mijn vak om veel te weten en erover te schrijven,' zei hij met een bescheiden en innemende glimlach. 'Bovendien houd ik van rozen.'

In de hal stond een dure, staande Engelse klok. Chique... maar truttig, dacht hij. De grote L-vormige kamer was zoals hij hem ongeveer voorgesteld had. Een grote open haard, een glazen tafel en daarom heen twee blauwe banken van Jan des Bouvrie en een grote bruinleren draaistoel. De stoel van Karel, dacht hij. Tegen de muur stonden witte Lundia boekenkasten met boeken en veel snuisterijen. Het eerste wat hem opviel was het rijtje Toon Hermans-boeken naast enkele boeken van Youp van 't Hek, Maarten 't Hart en Fay Weldon. Verder nog enkele publiekstrekkers van de ECI-boekenclub en een rij kinderboeken uit haar jeugd. Een Friese klok hing boven een audiovisueel wandmeubel met enkele tientallen cd's en dvd's. Naast de eettafel hing de obligate Corneille. Het blauw in de overbekende vrouw-vogelcombinatie herhaalde zich in de grijsblauwe vitrages. De litho was natuurlijk bij de gordijnen gekocht, dacht Paul.

Ze vroeg of hij een rode of witte wijn wilde.

'Graag een rode, als je hebt?' antwoordde hij met een verholen glimlach. Als je op de romantische toer wilde, lag rood voor de hand, dacht hij.

'We...ik,' herstelde ze zich 'heb genoeg! Als je zelf wilt kiezen, kom dan mee naar de wijnkelder. Het is geen grote, maar er staat voldoende voor ons tweeën.'

Hij liep met haar mee naar de hal. Ze daalden af in een kleine wijnkelder waar enkele honderden flessen in rekken lagen te wachten om genoten te worden. Paul liep de wijnen langs en zei:

'Nou je hebt een goede smaak. Ik zie verschillende lekkere wijnen.'

'Ik heb ze niet gekozen, maar Karel,' zei Carla. 'Elk jaar in december liet hij een aantal dozen bezorgen door een wijnhandel in Amsterdam. Ik heb het nog niet stopgezet, maar de rekken zijn wel overvol. Het wordt dus tijd dat er gedronken wordt. Welke wil je?'

Paul pakte een rode bourgogne. Ze gingen weer naar de kamer en namen schuin tegenover elkaar plaats op de uiteinden van de twee zitbanken.

'Proost!' zei Carla en hief haar glas.

'Op ons samenzijn,' zei Paul, haar warm en diep in de ogen kijkend.

'Ja, proost!,' zei ze nogmaals met een brede glimlach, boog zich voorover en tikte zijn glas aan.

Paul wees naar *Een jaar in de Provence* van Peter Mayle in haar boekenkast en vroeg of ze het gelezen had. Ze knikte instemmend, terwijl ze haar glas leegdronk en zei:

'Ik vond dat zo'n mooi boek. Die beschrijvingen van het leven daar zijn zo goed. Het is net of je er weer bent.'

'Ken je de Provence goed?' vroeg hij.

'Ja. We hebben tien jaar geleden een huisje gekocht in Rognes bij Aix-en-Provence en gingen er elke zomer heen. Een heerlijke streek. Heb jij het ook gelezen?'

'Ja, maar ik ben er maar een paar keer geweest. Dus ik kan het niet zo goed beoordelen als jij.'

'Vond je het mooi?'

'Heel mooi,' zei Paul. 'Ik heb vooral genoten van zijn beschrijvingen over het samen eten en al die heerlijke recepten.'

'Van welke boeken houd jij nog meer?' vroeg ze.

Paul noemde een breed scala aan boeken. Een enkele kende ze. De meeste echter niet. Ze was onder de indruk van zijn belezenheid en kennis van boeken waarvan zij dacht dat die alleen maar door vrouwen gelezen werd.

De fles was leeg. Paul keek op zijn horloge. Het was bijna half één.

'Sorry,' zei hij. 'Ik ben helemaal de tijd vergeten. Ik moet weg!'

'Ah, joh…dat is toch helemaal niet erg. Het is toch erg gezellig zo samen!'

'Dat is zo, maar voor de eerste keer is het toch veel te gek!' zei Paul. Hij zag duidelijk dat ze het jammer vond dat hij al wegging en zei:

'Mag ik even bellen?'

'Wie ga je op deze tijd bellen,' zei ze verbaasd.

'Ik bel een taxi,' zei hij. 'Ik heb een halve fles wijn op en ik kies altijd voor de veilige weg!'

Voor ze het wist flapte ze er uit:

'Maar je kunt hier ook blijven slapen.'

Hij zei: 'Nee, dat doe ik niet. Morgen heb je er misschien spijt van en dan wil je me nooit meer ontmoeten.'

Hij zei het op zo'n vriendelijke, maar besliste manier dat ze niet durfde te zeggen, dat ze het juist wel erg prettig zou vinden als hij zou blijven slapen. Liefst na een heftige vrijpartij, dacht ze tot haar eigen schrik. Paul voelde dat wel aan, maar hij schatte de waarde van uitstel op termijn hoger in. Ze zou hem serieuzer nemen, als hij niet meteen toehapte, hoe verleidelijk hij het ook vond om op haar aanbod in te gaan. Ze praatten nog even na tot de taxi arriveerde.

'Mijn auto kom ik morgenmiddag halen. Ik laat hem hier voor de deur staan, als je het niet erg vindt?' zei Paul.

'Prima!' zei ze. 'Ik vond het heel gezellig!'

'Ik ook,' zei hij en gaf haar een kus op beide wangen, terwijl hij haar licht bij de bovenarmen beetpakte. Zijn kussen aan weerszijden van haar mond raakte haar lippen net niet en waren een goede weergave van de gegroeide intimiteit tussen beiden. Haar kussen waren qua plaatsing identiek aan de zijne, maar qua intensiteit heftiger. Ook drukte zij zich steviger tegen hem aan dan hij bij haar.

De volgende dag ging hij om twee uur zijn auto ophalen. Voor hij vertrok keek hij nog even in zijn boekenkast en zocht een boek dat ze vermoedelijk mooi zou vinden. Hij aarzelde tussen *Het psalmenoproer* van Maarten 't Hart en *Narziss & Goldmund* van Herman Hesse, dat hij pas had herlezen om meer oog te krijgen voor de emotionele kant van het menselijk leven. Beide boeken had hij niet zien staan in haar boekenkast en allicht zou ze er één mooi vinden. Hij nam ze beide mee en ging met de taxi naar haar huis.

Hij belde aan. Ze deed de deur open en kwam in een strakke, lichtblauwe spijkerbroek met een evenzo strakke, groen-blauw gestreepte sweater tevoorschijn. Ze straalde en kuste hem meteen, half op zijn lippen en zijn wangen. Hij deed hetzelfde.

Paul liet haar als eerste los, keek haar diep in de ogen en hield zijn lippen iets van elkaar, zodat hij openheid en toegenegenheid uitstraalde.

'Leuk dat je er weer bent,' zei ze, terwijl ze hem aankeek met een brede glimlach en grote pupillen.

'Ik heb iets meegebracht, dat je misschien wel leuk vindt,' zei hij en gaf haar de beide boeken. Hij had ze bewust niet ingepakt, omdat hij het authentieker vond zonder cadeauverpakking.

'Het zijn twee boeken die ik erg mooi vind. Misschien vind jij ze ook mooi. Het boek dat jij het beste vindt, koop ik nieuw voor je!'

'Goh, wat leuk. Ik ben erg benieuwd. Ik ga er zo snel mogelijk in beginnen. Kom binnen.' Ze deed de deur nog verder open en liep naar binnen alsof het vanzelfsprekend was dat hij haar achterna zou gaan.

'Wat wil je drinken? Koffie, thee of iets anders?'

'Thee graag,' zei Paul, die gelezen had dat de meeste vrouwen dat gezellig vonden. Bovendien hield je er een frissere mond aan over.

'Wat ga jij doen vandaag?' vroeg ze.

'Ik moet om vier uur een kort interview afnemen,' loog hij.

'Hier in Amstelveen?'

'Nee, in Den Haag.'

'Met wie?'

'Met een beleidsmedewerker van het Ministerie van Onderwijs.'

'Waar gaat het over?'

'Ach…,' zei hij, 'de minister is van mening dat er teveel kinderen met gedragsproblemen naar het speciaal onderwijs worden verwezen. Ze wil ze in de basisschool houden.'

Ze keek hem verbaasd aan en zei:

'Dat is toch onzin. Als je die volle klassen ziet en al die allochtonen, dan kun je toch niet verwachten dat die leerkrachten ook nog gedragsgestoorden erbij nemen. Moeders met drie kinderen worden al bijna gek als ze een paar weken thuis zijn met vakantie. Hier achter me woont een kennisje die is gestopt met verjaardagspartijtjes, omdat ze vijf kinderen tegelijk op zo'n feestje niet de baas kon. Stel je voor dat er dan ook nog een gedragsgestoorde bij zou zijn,' zei Carla.

'Precies,' zei Paul, 'daar gaat het gesprek over.'

'Heb je dit gesprek voorbereid?'

'Ja, ik heb een paar artikelen gelezen en enkele vragen opgeschreven. Soms lees ik een heel boek. Dat vond ik nu niet nodig. Dat doe ik alleen als het onderwerp me erg interesseert of als ik er geen goede artikelen over kan vinden.'

'Dat lijkt me erg interessant,' zei ze. 'Je komt zo veel te weten.'

'Dat is ook het boeiende van dit vak,' zei Paul. 'De ene keer verdiep je je in kinderen met problemen en de andere keer in nieuwe rituelen bij scheiden en overlijden.'

Paul keek op zijn horloge en zei:

'Ik moet gaan. Anders ben ik te laat voor mijn afspraak.'

Hij stond op en zei welbewust even niets.

'Wanneer zien we elkaar weer,' zei ze.

'Jij mag het zeggen,' zei Paul, nieuwsgierig naar haar reactie.

'Zullen we morgenavond ergens een hapje gaan eten?'

'Morgenavond kan ik jammer genoeg niet. Ik heb een afspraak met een hoofdredacteur,' loog Paul om niet te enthousiast over te komen.

'Donderdag kan ik wel. Jij ook?'

'Ja, ik kan. Gezellig!'

De vriendin met wie ze donderdagavond afgesproken had voor een film kon ze wel afzeggen. Dat hoefde hij niet te weten. Ze spraken om zeven uur af in een restaurant op de Prinsengracht. Ze zouden allebei met het openbaar vervoer gaan, dan konden ze beiden drinken.

Paul ging naar huis, schonk zich een rumcola in en ging verder met het te gekke boek *Dat vind ik nou leuk* van Will Self, waar hij eergisteren in was begonnen. Heerlijk! Alle tijd om te lezen. Niet hoeven praten en niet hoeven schrijven, dacht hij en schonk zich nogmaals in. Stel je voor, dacht hij, als je alleen van schrijven moest leven. Aldoor maar neuzelen in onderwerpen als de veranderende waarden en normen, privatisering en de toenemende vergrijzing. Iedereen kon met eigen ogen zien dat Nederland er niet voldoende geld voor over had om alle dementen een menswaardig bestaan te bieden. Ze zaten soms uren te wachten op een verschoning. Zieke gevangenen hadden het beter. Hij wond zich op bij het idee alleen al, kon zijn gedachten erover moeilijk stopzetten en dronk zijn glas leeg. Als humane zorg niet meer was op te brengen, moest de overheid maar een Postbus 51-spotje maken, waarin alle zorgbehoevenden geadviseerd werd om gratis 'de zelfdodingspil van Drion' bij VWS te bestellen. Dan bood men tenminste nog enig perspectief. Hij vulde zijn glas bij en dronk het in twee teugen leeg. Hij dacht aan zijn moeder en aan het gezegde 'De één zijn dood, is de ander zijn brood'. Het tolde in zijn hoofd. Het grote brood voor hem moest nog komen. Hij zette de rumfles aan zijn mond. Hij realiseerde zich dat hij het prettig vond dat hij niet meer zoveel schreef als vroeger en besefte nog net dat hij bijna een heel polemisch artikel in zijn hoofd had zitten redigeren. Hij rolde zich op zijn zij en sliep vrijwel onmiddellijk. Het boek van Will Self lag nog open bij de pagina waar hij wou beginnen.

Paul werd donderdagmorgen al vroeg wakker. Hij nam een hete douche, ontbeet en nam daarna een zonnebankje in de sportschool. Hij kwam relaxed thuis, liep naar zijn geluidsinstallatie en pakte zonder dat hij er zich van bewust was, de favoriet van zijn vader: *Bridge over troubled water*. Terwijl hij zich nat scheerde, zag hij ineens zijn moeder weer voor zich. Ze zat op de ribfluwelen bank, leunde tegen zijn vader en las een boek. Paul speelde met een autootje op de grond en keek naar haar blote voeten. Ze genoten van de muziek en de huiselijke sfeer. Hij schrok. De stemmen van Simon en Garfunkel vulden zijn appartement in alle hoeken:
Jubilation,
She loves me again,
I fall on the floor and I laughing.
Het was of het verleden zich meester maakte van zijn appartement. Hij zette snel de muziek af, spoelde zijn hoofd onder de kraan af en probeerde aan iets anders te denken. Hij pakte een lekker geurtje uit zijn toilettas en begon die zorgvuldig in de huid van zijn gezicht, nek en oksels te masseren. Hij keek in de grote passpiegel aan de binnenkant van zijn kastdeur en vond dat hij er goed uitzag. De bruine kleur van de twee weekjes zon in april was nog goed

zichtbaar. De zes zonnebankjes erna hadden het bruin goed geconsolideerd. De vochthydraterende crème warmee hij zijn gehele lichaam insmeerde, gaf zijn huid een gezonde glans. Het contrast tussen zijn blanke huid, waar zijn zwembroek tijdens het zonnen had gezeten, en de rest van zijn lichaam was groot. Heel bewust had hij in april niet naakt gezond, omdat hij inschatte dat er in de doelgroep van vrouwen die hij voor ogen had, best vrouwen konden zitten die een geheel bruin mannenlichaam zouden kunnen associëren met in de toekomst naakt-op-vakantie-moeten.

De gedachte alleen al dat het vanavond vermoedelijk zou gebeuren, bezorgde hem een gevoel van opwinding. Hij kleedde zich aan, at een sandwich en las verder in Will Self.

Om zes uur ging hij lopend naar het restaurant waar ze hadden afgesproken, pakte de nieuwe *Elsevier* en bestelde een Spa-rood. Precies om zeven uur kwam Carla binnen in een leuke, zwarte lakjas. Hij kuste haar iets meer op de lippen dan de vorige keer en drukte haar wat steviger tegen zich aan. Ze liepen naar het oude gedeelte van de zaak. Hij had daar een tafeltje gereserveerd, in een romantisch hoekje met getemperd licht. In het boek *Eye signs* had hij gelezen dat veel emoties in de pupillen van de ogen zijn af te lezen en dat je daarom je eerste afspraak met een vrouw het beste kan laten plaatsvinden in een niet te lichte omgeving. De pupillen worden dan groter, waardoor je beiden automatisch aantrekkelijker wordt.

Hij hielp haar uit de jas, hing hem aan de kapstok vlakbij hun tafel in de hoek en plaatste de stoel voor haar op de goede afstand.

'Wat een gezellige zaak!' zei ze, terwijl ze een stukje brood afbrak en in haar mond stak.

'Ja, vind ik ook. Ik ga hier altijd met plezier naar toe. Vooral als ik honger heb en nu heb ik ontzettende honger,' zei hij met een brede glimlach.

De ober kwam vragen wat ze wilden drinken. Carla bestelde een tio pepe en hij sloot zich erbij aan. Niet omdat hij sherry lekker vond, maar omdat hij wist dat overeenkomsten in gedragingen en voorkeuren relatieversterkend zijn. Het was jaren geleden dat hij sherry had gedronken, maar als alles volgens plan zou gaan, zou hij zich de komende maanden aan nog veel meer zaken moeten aanpassen, dacht hij. Daar een probleem van maken was nu niet op zijn plaats.

'Goh, wat is dit brood lekker,' zei ze.

'Het beste brood van Amsterdam,' zei Paul. 'Je blijft ervan eten. Moet je niet doen, want het eten hier is nog lekkerder. Ze hebben hier een prima keuken en een goede wijnkaart. Bovendien is het hier aardig publiek: gemêleerd en beschaafd.'

Hij schrok van zijn eigen bekakte zinnen en relativeerde het snel door een anekdote:

'Ken je die mop van de deftige man die een jonge vriendin meeneemt naar het concertgebouw?'

'Nee, ik geloof van niet,' zei ze.

'Die man zegt heel bekakt tegen zijn vriendin: 'Vind je die akoestiek ook zo slecht?' Die vriendin snuift een keer met haar neus en zegt dan: 'Ja, nu je het zegt, ruik ik het ook!'

Terwijl hij de mop vertelde werd hij heel even bang dat ze hem niet zou begrijpen. Gelukkig moest ze er om lachen.

'Ken je veel moppen?' vroeg ze.

'Ik ben geen moppentapper, maar ik houd wel van humor. Vooral de joodse humor vind ik sterk. Daar zit zoveel sociologische en psychologische ervaringskennis in. De mooiste, maar ook de meest tragische witzen vind ik die uit de concentratiekampen. Daarin zie je goed dat humor soms het laatste wapen is. Eén van de beste voorbeelden vind ik die van de nazi-beul die tegen een jood zegt: 'Als je kan raden, welk oog van mij van glas is, dood ik je niet.' De jood zegt: 'Het linkeroog.' De nazi-beul zegt dan verbaasd: 'Dat is goed! Hoe heb je dat zo snel kunnen zien?' De jood zegt dan met een glimlach: 'Het keek me zo menselijk aan!'

'Dat is inderdaad een goede. Maar wel intriest,' zei Carla.

'Tja…,' zei hij nadat hij even gewacht had. 'Moeten we nu maar niet te lang aan denken. Wil je nog een sherry?'

'Ja, graag!'

Ze praatten over politieke humor, reclame, uitgaan, tentoonstellingen en schilders. Carla vertelde dat zij al zes jaar aquarelleerde in een Amstelveense kring van amateurs. Na de dood van Karel, was ze één keer een week met de kring naar Drenthe geweest. Dat was haar erg goed bevallen. Als ze voor deze zomer geen andere plannen had, zou ze weer gaan, zei ze. Hij gaf haar de kaart en vroeg wat ze wilde bestellen.

'We leven nu! Kies wat je het lekkerst lijkt!' zei hij.

'Ik wil graag een surprise-menu.'

Paul vond dat een goed voorteken en sloot zich er enthousiast bij aan. Omdat ze geen standaard surprise-menu hadden, stelde de ober voor om er één voor hen samen te stellen met drie opeenvolgende, door hem geselecteerde verrassingen. Ze konden zich beiden goed in dit voorstel vinden.

De keuze van de wijn liet ze aan Paul over. Hij koos een Château Neuf de Pape, die ze zich goed lieten smaken. Het surprise-menu was een echte verrassing. Ze begonnen met een warm bladerdeegtaartje met mozzarella en pestorosso. Carla genoot zichtbaar van het opgediende en nog meer van Paul die tijdens het eten vertelde van zijn reizen. Hij probeerde ook zo aandachtig mogelijk naar haar verhalen over de Provence te luisteren en zijn ogen geïnteresseerd naar de hare te richten.

Het hoofdgerecht bestond uit een hertenbiefstuk met Franse frietjes en een heerlijke salade.

Die kan goed eten, dacht hij. Echt zo'n stevige boerenmeid met altijd trek. Het was maar goed dat hij de overwaarde van zijn appartement te gelde had gemaakt, want er zou vermoedelijk nog heel wat buitenshuis gegeten worden voor hij aan haar geld kon komen.

Het dessert bestond uit een lasagne van sorbetijs die in verfijnde smaak wedijverde met de voorafgaande gangen.

'Heerlijk,' zei ze. 'Ik heb lange tijd niet zó lekker gegeten.'

'Zullen we dan ook nog iets drinken?' vroeg Paul met een blik naar de lege wijnfles.

'Wat vind je lekker? Een amaretto?'

'Ik lus eigenlijk wel een Irish coffee,' zei ze. 'Dat vind ik altijd lekker na ijs.'

'Doe ik aan mee,' zei hij tegelijkertijd de ober wenkend.

Carla's pupillen waren, evenals de blossen op haar wangen, groter dan aan het begin van het diner. Het stond haar goed, dacht Paul. Het maakte haar hartstochtelijker. Hopelijk beïnvloedde de drank haar libido niet teveel. Hij had weliswaar de tijd. Misschien was het zelfs beter als het er vanavond nog niet van kwam. Zij moest echt het gevoel hebben, dat zíj hem veroverd had. Dat was op termijn beter. Dat zou haar gevoel van eigenwaarde later ernstiger aantasten. Wanneer hij haar in een depressie had weten te manoeuvreren, zou ze haar eigen initiatieven herinneren en zichzelf zwaarder verwijten.

'Zullen we gaan?' zei hij. 'Dan breng ik je met de taxi naar huis.'

Ze zaten nauwelijks in de taxi of Carla vroeg of hij nog zin had om een glas wijn bij haar te drinken.

'Eén glas dan,' zei hij om de spanning erin te houden.

'Mijn ouders slapen nu toch al, dus ik kan nog even blijven.'

'Jouw ouders leven dus allebei nog?' zei ze. 'De mijne niet.'
Paul kon zich wel voor zijn kop slaan over zijn stomme opmerking. Hufter die hij was! Typisch gevoelloos praten! Daar had hij nou zo'n dure training voor gedaan! Hoe kon hij zijn grofheid nog snel ombuigen, dacht hij in een flits.

'Nee...,' zei hij zacht en terneergeslagen voor zich uitkijkend. 'Mijn vader is, toen ik vijf was, in de bergen verongelukt en mijn moeder is enkele jaren geleden aan een hartinfarct overleden.'

Hij wachtte even en dacht als een razende na. Carla keek hem enigszins verwonderd en tegelijkertijd bezorgd aan. Hij vervolgde:

'Die opmerking over mijn ouders was net zoals in joodse humor een afweermechanisme. Ik kan met mijn gevoel nog steeds niet overweg met hun dood. Zoiets blijf je altijd met je meedragen. Dat zul jij ook wel weten.'

Hij zuchtte... maar zij wist niet dat het van opluchting was, omdat hij nog net een draai had weten te geven aan zijn blunder.

'Wat erg,' zei ze en legde haar hand op zijn arm. Hij wendde zijn hoofd langzaam naar haar hoofd en kuste haar zacht op haar wang. Zij kuste meteen terug. Voordat ze Amstelveen inreden, was het spel van hun tongen begonnen.

Ze waren net de hal van haar huis binnen of Carla sloeg haar beide armen om hem heen en kuste hem met zo'n hevigheid dat hij bijna ademnood kreeg. Paul probeerde zijn ademhaling in hetzelfde ritme te brengen als Carla om zo zijn bereidbaarheid uit te drukken om haar te willen volgen. Hij streelde haar zachtjes over haar schouders, daalde cirkelsgewijs af tot haar middel en wachtte verder op haar reacties. Haar handen maakten grote bewegingen, van zijn schouders tot aan de bovenkant van zijn billen. Hij vond het nu tijd ook initiatieven te tonen en streelde haar beide billen, trok zijn borst enigszins in en omvatte voorzichtig met zijn linkerhand haar rechterborst. Zij steunde en zuchtte zacht van genot. Ineens zei ze: 'Zullen we naar mijn slaapkamer gaan?'

'Ja,' zei hij langzaam en ingetogen. Ze liepen naar boven.

'Ik vind het fijn om me eerst even te douchen,' zei hij.

'Dan doe ik mee!'

Ze kleedden zich uit en kwamen tegelijkertijd op elkaar af. Haar kleine, maar stevige borsten waren opgesierd met twee pronte tepels, die als brutale oogjes naar hem keken. Ze liep vooruit door de open deur van de kamer naar de badkamer. Paul zag dat ze een paar stevige billen had. Hij vond ze te groot. Hij hield eigenlijk niet van grote billen. Haar overleden man misschien wel, dacht hij. Die was per slot van rekening adjunct-directeur van de Rabobank geweest en die bank had hij altijd beschouwd als een bank bedoeld voor boeren. Boeren en boerinnen associeerde hij met dikke billen. Hij herinnerde zich ineens – toen hij het blote achterlijf van Carla bekeek – dat de Rabobank als logo een blote, atletische man had. Niet direct het type boer dat hij altijd voor ogen had gehad. Meer de hoogopgeleide boer die in Wageningen had gestudeerd en zojuist naar de sauna was gegaan nadat hij zijn melkquotum had verkocht. Hij had wel eens iets negatiefs gelezen over het beeldmerk van de Rabobank. Maar als je, voordat je voor het eerst met een vrouw naar bed gaat, aan het logo van de Rabobank denkt, kun je niet anders concluderen dan dat het een goed logo is, dacht Paul en stapte bij Carla in bad.

Ze douchten zich in een innige omarming en likten gulzig het warme water van elkaars gezichten. Hij voelde aan Carla's bewegingen dat ze meer wilde.

'Zal ik je afdrogen?'

'Graag!' zei ze en maakte zich los uit de omarming.

Paul pakt een grote handdoek, wreef haar droog en legde haar op het grote tweepersoonsbed. Hij droogde zichzelf vervolgens ook stevig af, voelde hoe ze naar hem keek en kroop vanaf het voeteneinde van het bed langs haar voeten, benen en buik omhoog. Terwijl hij dit deed, kuste hij haar zacht op alle plekjes die hij tegenkwam en merkte aan haar bewegingen en ademhaling dat haar hartstocht toenam. Toen hij haar borsten met zijn mond en tong verwelkomd had en haar mond bereikte, hoorde hij haar zachtjes achter in de keel kreunen.

'Heerlijk,' fluisterde ze en drukte hem nog steviger tegen zich aan.

Paul keek haar diep in de ogen en Carla genoot van zijn warme blik. Ook zij bleef hem diep in de ogen kijken, alhoewel ze gewend was onder het vrijen haar ogen dicht te houden. Ze had vroeger met Karel wel eens gekeken, maar dan keek ze altijd tegen dichte ogen en een gezicht in een soort grimas aan. Omdat ze zo het gevoel kreeg afstand te scheppen, had ze nooit meer haar ogen onder het vrijen open gedaan. Dat gevoel had ze nu tot haar eigen verbazing niet. Het was nu alsof het elkaar in de ogen kijken, het vrijen intenser maakte.

Hij voelde hoe haar lichaam zich tegen het zijne welfde van genot. Ze kwamen vrijwel tegelijkertijd tot een hoogtepunt en lagen nog lange tijd na te genieten.

'Ik wist bijna niet meer dat het zo lekker kon zijn,' zei ze, terwijl ze met blossen op haar gezicht voldaan naar zijn nog zo jeugdige, gebruinde gezicht en gespierde schouders lag te kijken. Wat zag hij toch in haar? dacht ze. Zo'n jonge, knappe vent! Zou hij echt een blijvertje zijn? Ze kon het bijna niet geloven. Niet aan denken, dacht ze. Geniet van het moment. Dat deed hij vermoedelijk ook. Ze beet hem zachtjes in zijn oorlel en zei:

'Weet je dat ik nog nooit met open ogen heb gevreeën?'

'De meeste Europeanen niet,' zei Paul. 'In het Oosten was het duizenden jaren geleden al heel gebruikelijk. Heb je wel eens van de *Kama Sutra* en de *Tantra* gehoord?'

'Van de *Kama Sutra* wel. Van de *Tantra* niet.'

'Bij de tantra-beoefenaars gaat het niet zozeer om de coïtus, maar meer om de extase en de intensiteit van elkaar beminnen. Daarom kijken zij elkaar tijdens het vrijen diep in de ogen. Dan geniet je samen intenser,' zei hij. 'Het hoeft natuurlijk niet. Als je je ogen liever dicht wil doen, dan doe je dat. Niets moet. Alles mag. Ik heb er interessante literatuur over. Ik zal het je wel eens geven als je dat wil.'

Ze sloegen een laken om zich heen en Paul sabbelde zachtjes aan haar oor, terwijl hij haar schouders en nek licht masseerde met zijn rechterhand. Met zijn andere hand streelde hij zacht haar heupen en dijen. Hij draaide haar voorzichtig om en kuste haar rug tot aan haar bilnaad. Ondertussen masseerde hij zachtjes haar billen ging in de lepeltjeshouding liggen met zijn bovenbenen onder haar billen. Hij trok haar naar zich toe en masseerde met zijn handen haar borsten. Zij drukte met haar billen tegen zijn onderlijf het ritme op. Geleidelijk aan werd het tempo sneller en werden de bewegingen heftiger. Ze voelde dat hij weer een erectie kreeg, draaide zich langzaam op haar rug en trok hem op zich. Het spel begon weer van vooraf aan. Toen ze beiden voldaan waren, gleed hij van haar af, sloeg zijn linkerarm om haar heen en viel met een tevreden gezicht tegen haar wang aan in slaap.

'Net een groot kind,' dacht ze en volgde hem na enkele seconden.

Hij was de volgende ochtend als eerste wakker en verliet voorzichtig het bed. Hij snuffelde wat rond in de badkamer en vond in één van de laatjes een elektrisch scheerapparaat en een aftershave van het merk Davidoff. Zeker nog van Karel, dacht hij. Hij maakte een ontbijt voor beiden klaar en kuste Carla zachtjes wakker. Ze zag er uitgeslapen uit en keek verrast naar het ontbijt. Dat was lang geleden, dacht ze.

Ik moet er niet teveel aan wennen, dacht hij toen hij gezellig naast haar in bed zat te genieten van zijn jus d'orange, toast met aardbeienjam, kaas, gekookte ei en thee. Leven met z'n tweeën had toch ook wel wat. Pas maar op, dacht hij. Voor je het weet ben je vijfentwintig jaar getrouwd en geef je samen met Carla een receptie in *De Kegel*.

Daarna ging alles weer als de avond ervoor. Het initiatief ging niet van hem uit maar van haar. Ze speelde met zijn borsthaar, kuste zijn tepels en zijn buik en trok hem, toen ze voelde dat hij ook weer zin kreeg, boven op zich. Toen ze uitgevreeën waren, elkaar hadden afgedoucht en koffie hadden gedronken, spraken ze af om zaterdagavond om zeven uur samen te gaan eten in een restaurantje bij het Leidseplein.

Ik moet oppassen dat ík er niet aan onderdoor ga en dat zij míjn geld opstrijkt, in plaats van ik het hare, dacht hij met enige zelfspot toen hij sufgeneukt om half twaalf 's morgens naar huis ging om zogenaamd een interview af te nemen bij een plastisch chirurg in het Gooi. Het zou nog een hele klus worden om haar zo depressief te krijgen dat ze suïcide zou plegen. Ze was zo levenslustig als wat. Ze leek wel een griet van twintig in plaats van éénenveertig. Hij moest ineens denken aan de populaire Franse benaming voor orgasme: 'la petite Mort, de kleine dood'. Teveel van die kleine doodjes van haar moesten niet leiden tot zijn grote dood. Gelukkig had hij nog tijd genoeg om zijn strategie aan te passen en te verfijnen. Eerst moest hij nog maar eens zien haar te trouwen. Voorlopig liep alles gelukkig volgens plan.

Zaterdagavond kwamen ze bijna gelijktijdig aan in het restaurant. Ze kusten elkaar als geliefden die elkaar al lang kennen en liepen naar het voor hen gereserveerde tafeltje. Ze namen weer een tio pepe, praatten over honderd en één dingen, genoten van het eten en besloten om tien uur nog een drankje in Carla's huis te drinken. Onder het eten had Paul al gezegd dat hij het dit weekend erg druk had met een artikel voor een bedrijfsblad. Het was een hint voor haar, zodat ze tijdig wist dat hij niet bij haar zou blijven slapen en, zo was zijn inschatting, daardoor des te meer zou verlangen naar de volgende keer. Zij moest voorlopig de drijvende factor blijven; niet hij!

Ze gingen weer met de taxi en Paul bleef meer dan een uur bij haar. Ze dronken elk drie glazen bourgogne die hij uitgezocht had in haar wijnkelder en vertelde over zijn liefde voor zowel architectuur als binnenhuisarchitectuur. Carla genoot van zijn verhalen die gelardeerd waren met persoonlijke anekdotes. Toen het half twaalf was, zei Paul:

'Ik moet gaan. Anders krijg ik mijn artikel nooit af.'

'Zullen we dinsdag weer afspreken?' vroeg hij.

'Ja, graag,' zei ze met iets van teleurstelling in haar stem.

'Heb je wel eens gekanood?'

'Nee,' zei ze aarzelend. 'Hoezo?'

'Zullen we dat dinsdag gaan doen? Het blijft goed weer en ik weet een hele mooie rivier,' zei hij.

Het zal de Amstel wel niet wezen, dacht ze en vroeg:

'Wil je de hele dag?'

Kanoën leek haar zo gewoontjes. Ze had nog nooit iemand ontmoet die dat had gedaan.

'Nee, van ongeveer elf tot twee. Als het tenminste mooi weer blijft! Dan maak ik een picknickmand klaar en lunchen we heel romantisch aan de waterkant.'

'Wat gaan we daarna dan doen?' vroeg ze.

'Dat is een verrassing. Maar als je iets anders wil dan kanoën, komt die verrassing ook.'

'Laten we maar gaan kanoën,' zei ze. 'Ik heb het nog nooit gedaan. Het lijkt me een leuke ervaring.'

Paul belde een taxi en stelde voor om alvast van elkaar afscheid te nemen.

'Anders duurt het zo kort,' zei hij en trok haar voorzichtig op zijn schoot. De taxi was er binnen tien minuten.

'Nu al?' zei Carla.

'Helaas,' zei Paul. 'Het is zover. Dinsdag nemen we overal heerlijk de tijd voor.'

Ze wuifde hem uit en voelde zich alleen gelaten.

Dinsdagochtend om tien uur stond Paul voor haar deur. Ze kuste hem alsof hij maanden op reis was geweest. Hij voelde aan haar lichaam, dat als hij zou voorstellen om gezellig thuis te blijven, zij daar enthousiast op zou reageren. Het leek hem echter strategischer om de relatie niet alleen seksueel uit te bouwen, maar ook op verschillende andere terreinen banden met elkaar te smeden. Dat zou beter zijn voor het doel dat hij voor ogen had. Hoe meer ervaringen ze samen zouden opdoen in diverse situaties en hoe prettiger die ervaringen door haar beleefd zouden worden, des te zwaarder zou de klap worden als hun relatie zou eindigen. Dat zou de laatste fase in haar depressie moeten worden en de opmaat tot haar suïcide. Voorlopig was dat echter nog toekomstmuziek, dacht hij.

Ze reden richting 's-Hertogenbosch, naar het riviertje de Linge bij het dorpje Enspijk. Paul pakte de picknickmand en bestelde een tweepersoonskano en Carla trok nog snel een olijfgroene sweater over haar blouse aan. Paul hielp haar in de kano en samen peddelden ze weg. Hij zat achterin en stuurde een beetje bij. Alhoewel Carla het jammer vond dat ze niet gezellig thuis waren gebleven, was ze al kanoënd toch blij, dat hij haar vanochtend niet gevraagd had of ze soms wat anders wilde dan dit. Samen kanoën was ook apart. Het was veel romantischer dan vroeger op de Amstel in die grote motorboot van Karel, tussen al die andere boten in één lange rij richting Amsterdam.

Paul vertelde haar dat de Linge vroeger een brede en woeste rivier was geweest die jaarlijks buiten haar oevers trad en dat de vele wielen aan weerszijden van de rivier nog herinnerden aan het onstuimige karakter van vroeger.

'Het is de langste 'eigen' rivier van Nederland. Meer dan honderd kilometer lang. Hij ontspringt vlakbij de grens van Duitsland bij Doornenburg.

'Hoe weet jij dat allemaal toch?' vroeg ze verbaasd.

'Een publicist moet goed gedocumenteerd zijn,' zei hij en vertelde er niet bij dat toen zij haar sweater in de auto aan het aantrekken was, hij van de kanoverhuurder een foldertje had gekregen en dat snel had gelezen, voordat hij met haar in de kano stapte.

Ze voeren langs prachtige boerderijen en picknickten onder een perenboom vlakbij het water. Paul vouwde een dikke blauw-groene plaid uit en zette zijn picknickmand gevuld met verse broodjes met gerookte zalm en oude kaas in het midden. Hij had ook een halve fles champagne meegenomen voor Carla en twee flesjes crodino voor zichzelf. Zelfs de bijpassende glazen ontbraken niet.

Wat deed hij dat allemaal met zorg, dacht ze.

Ze genoten van het eten en keken tevreden rond over de weilanden en de boomgaarden. Paul wees haar op een roerdomp die verscholen in het riet met zijn snavel omhoog wees.

'Hij wijst net zoals die kerk daar in de verte naar boven. Misschien is het godsdienstig denken zo wel ontstaan,' zei hij.

'Denk je?' zei ze met een glimlach.

'Nee,' zei hij. 'Godsdienst is projectie.'

'Zou er helemaal niets zijn?'

'Wij zijn er. Dat is niet niks!' zei hij lachend en sloeg zijn arm om haar heen, terwijl hij haar op de wang kuste. 'Wij zijn immers beelddragers. Dat is een beetje god in je dragen. Moet jij weten!' Hij keek haar verliefd aan.

Voor het eerst na lange tijd zag ze niet alleen vlinders boven de oevers, maar voelde zij ze ook weer in haar buik. Ze vertelde van vroeger. Hoe ze Karel had leren kennen en hoe erg ze het beiden hadden gevonden dat zij geen kinderen kon krijgen.

Hij vertelde uit zijn studententijd, verzweeg de losse contacten, maar vertelde wel van zijn relatie met Mireille. Hij dacht aan de vele keren dat ze musea bezochten en zei: 'Heerlijk is het hier, hè...? Moet je eens naar die mooie perenboom kijken. Die lijkt precies op de boom van Mondriaan in het *Haags Gemeentemuseum*. Die rode gloed van de zon zo op die takken en die blauwe achtergrond.'

'Ik dacht dat Mondriaan alleen maar lijnen en kleurvlakken heeft geschilderd,' zei ze.

'Ja, daar is hij wereldberoemd mee geworden. Maar daarvoor schilderde hij zoals de meeste schilders toen. Als we een keer in Den Haag zijn, zullen we zijn oude werk eens gaan bekijken. Daar hangen er nog een stel. Als je het leuk vindt tenminste?'

'Natuurlijk vind ik dat leuk! Jij weet er zoveel van. Ik wil er ook meer vanaf weten.'

'Ben je wel eens in het *Panorama Mesdag* geweest?' vroeg hij.

'Als klein kind met mijn ouders. Ik herinner me dat het mooi was, maar weet er niets meer van!'

'Als je het leuk vindt, kunnen we er nog eens heen. Het is één van de weinige negentiende-eeuwse panorama's in Europa. Vanaf een hoog duin zie je Scheveningen liggen zoals het er een eeuw geleden uitzag. Als er niet veel mensen zijn, hangt daar een heerlijk rustige sfeer. Net als in de vorige eeuw. Er was toen nog geen haven. De bomschuiten zie je net als vroeger op het strand liggen. Ik weet zeker dat je het weer mooi zult vinden!'

'Ik word weer helemaal nieuwsgierig,' zei ze. 'Maar ik ben nog veel benieuwder wat de verrassing vandaag is.'

'Ik zal het zeggen,' zei hij. 'Vandaag gaan we naar mijn huis en kook ík voor jou een surprise-diner. Voor vanavond heb ik vier dvd-films in huis gehaald en daar mag jij er één uit kiezen. Als we daar naar gekeken hebben, gaan we van elkaar genieten. Ik heb lavendel gekocht en een speciale olie voor in bad. Als we daar genoeg van hebben, droog ik je af en ga je dan heerlijk masseren en dan komt de slotverrassing.'

'Nou, dat belooft veel! Zullen we dan nu maar naar jouw huis gaan? Ik heb er zin in.'

Paul lachte en zei: 'Oké, dat wordt dan vroeg eten en op tijd naar bed.'

Om half vijf stapten ze zijn appartement binnen. Paul liet haar zijn woning zien: een grote zitkamer met half open keuken, een slaapkamer met een modern tweepersoonsbed, zijn werkkamer, een logeerkamer en een mooie badkamer met bad en douche.

Carla vond het een mooi appartement met een prachtig uitzicht over de Noordermarkt en de Prinsengracht. De keuze van de kleuren van vloerbedekking, muren, gordijnen en meubels vond ze gedurfd, maar wel mooi. Aan de vele planten op het dakterras en een prachtig boeket bloemen in de hoek kon je zien dat hij zijn huis met gevoel had ingericht. Ze zei: 'Ik had niet verwacht dat een appartement zo warm kan overkomen. Gezellig!'

'Ach, ik vind het leuk om alles op elkaar af te stemmen,' zei hij bescheiden en vertelde er niet bij dat hij speciaal een vrouwelijke woninginrichter gevraagd had om zijn huis een warme, vrouwvriendelijke uitstraling te geven.

'Kijk, dit vind ik het allermooiste. Een bronzen beeld. Bijna abstract en toch nog herkenbaar als een discuswerper.' Hij liet haar voelen hoe zwaar het was en zette het daarna weer voorzichtig terug op de glazen tafel.

'Snuffel maar rond. Als je een boek of tijdschrift wil; daar vind je ze. Ik ga een fles wijn openmaken en beginnen met het surprise-menu.' Hij pakte eerst nog een cd met de *Second Waltz* van Sjostakovitsj en zei: 'Hou' je hiervan? Ik vind hem erg mooi.'

'Ik ken hem niet. Maar ik wil hem wel graag horen.'

Paul deed de muziek aan en Carla zei verrast: 'Dat is van André Rieu.'

'Dat is bijna goed,' zei Paul, die Rieu beschouwde als de Rien Poortvliet onder de musici.

'André Rieu heeft het tijdens de Uitmarkt gehoord op het Museumplein, toen het Koninklijk Concertgebouw Orkest dit speelde onder leiding van Riccardo Chailly.

'Oh,' zei ze, 'dat wist ik niet.'

'De meeste mensen weten het niet. Doet er ook niet toe. Als je het maar mooi vindt. Dat is het belangrijkste.'

Hij deed zijn kookschort voor waarop in grote, groene letters stond: 'Der Mensch ist was er isst', schonk twee glazen wijn in, toastte met Carla en ging vervolgens in de keuken aan de slag.

Carla keek verbaasd hoe handig hij twee avocado's in de lengterichting doormidden sneed, de pitten verwijderde en met een eetlepel het vruchtvlees er helemaal uitschepte. Af en toe kwam hij naar haar toe om iets te laten proeven.

'Dan weet je wat je te wachten staat. Nu kun je nog weg!'

'Pestkop,' zei ze met pretogen en likte zijn lepel af.

Carla liep het appartement door en zag hoe afgestemd alles op elkaar was. Het uitzicht vond ze het mooist. Je zat hier middenin de stad, vlakbij de winkels en het gezellige gewriemel van mensen. Tegelijkertijd was je hier met je voor- en achterbalkon omgeven door een onmetelijke ruimte. Haar huis in Amstelveen was vermoedelijk veel meer waard, maar dit was toch ook erg mooi. Ze besefte dat ze zich tientallen jaren niet bewust geweest was van allerlei zaken die ze nu door Paul allemaal ervoer. Wat had zij samen met Karel al die jaren in een geheel andere wereld geleefd, dacht ze, terwijl ze een steelse blik op Paul wierp die heel geconcentreerd bezig was.

Ze liep naar hem toe en keek even mee over zijn schouder. Ze zag hoe precies hij de inktvisringetjes meebakte tot ze ondoorzichtig waren en er tomaten, peterselie, citroensap en zout bij deed. Daarna bladerde ze wat in de glossy's en kranten naast de bank. Aan de titels in de boekenkast had ze al snel gezien dat hij een heel andere smaak had dan zij. Veel buitenlandse literatuur en een paar planken Nederlandse literatuur. Ze herkende kees van Kooten, Ira Levin, Maarten 't Hart en Tim Krabbé. De rest kwam haar niet bekend voor.

Paul dekte de tafel en Carla hielp hem erbij. Je kon zien dat hij een liefhebber was van design. De peper- en zoutvaatjes leken meer kunstobjecten dan gebruiksvoorwerpen. Zijn smaak is in elk geval goed, dacht ze. Wat zou hij eigenlijk in háár zien? Ze vond zichzelf maar erg gewoontjes. Misschien viel hij op oudere vrouwen. Maar waarom dan precies op haar? Zou ze op zijn moeder lijken? Misschien was het alleen maar een opvlieging van hem en misschien ook wel van haar; net zoiets als tussen Meryl Streep en Clint Eastwood in *The Bridges of Madison County*. Ze zou wel zien hoe lang het zou duren.

Ze genoot van de gevulde avocado, de kervelsoep en de pasta met mosselen en inktvis.

'Wat kan jij lekker koken,' zei ze met een blik vol bewondering.

'Ik kook graag. Je kunt er veel creativiteit in kwijt. Maar ik haal ook wel eens gewoon een bos gerookte paling. Die eet ik dan lekker zo uit het papier met een glas muscadet erbij. Dat vind ik ook heerlijk en nog makkelijk bovendien. Zal ik je nog wat bijschenken?'

'Ja, lekker! Het is een heerlijke wijn.'

Ze praatten verder over meubels, lekker eten, gezondheid en vakanties.

'Ga jij nog op vakantie dit jaar?' vroeg ze.

'Ik moet over drie weken naar Mexico,' zei hij. 'Ik heb een opdracht om een artikel te schrijven over de Maya-cultuur,' verzon hij. 'Daar heb ik nog wat gegevens voor nodig.'

'Kan ik niet mee?' zei ze ineens.

'Natuurlijk! Als je het leuk vindt. Ik weet alleen niet of er nog plaats is. De vluchten zijn in deze tijd van het jaar vaak volgeboekt. Als je wilt, ga ik morgenochtend meteen informeren.'

'Lijkt me hartstikke fijn! Natuurlijk wil ik!'

'Hartstikke leuk! Doen we. Morgen zien we verder. Mexico is een heerlijk land om op vakantie te gaan,' zei hij.

'Kun je wel schrijven als ik meega?'

'Natuurlijk wel. Die paar dingen die ik moet zien; daar kun jij gewoon mee naartoe. Als je tenminste zin hebt. Verder kunnen we zwemmen, snorkelen en excursies maken. 's Avonds moet ik af en toe achter de laptop.'

Carla vond het een fijne gedachte dat hij het prettig vond dat ze meeging. Ze kenden elkaar pas enkele weken en nu gingen ze al samen op vakantie. Hij kwam duidelijk uit een andere wereld dan zij. Veel gemakkelijker allemaal. Zij was nog nooit buiten Europa geweest. Meestal gingen zij en Karel 's zomers naar hun tweede huis in de Provence. Een paar keer waren ze met de trein naar Madrid, Parijs en Londen geweest. Dit was iets totaal anders. Door Paul kreeg haar leven weer meer inhoud, besefte ze. De hoeveelheid ervaringen die ze de afgelopen tijd allemaal opgedaan had, was bijna onvoorstelbaar. Wat een geluk dat ze met hem in contact gekomen was. Wat was haar bestaan ineens veranderd.

Terwijl Paul de afwasmachine vulde, maakte hij twee kopjes espresso en vroeg daarna aan Carla om te kiezen uit de vier dvd's die hij haar gaf.

'Het zijn bekende en goede films, dus het kan zijn dat je er al een paar gezien hebt,' zei hij. Hij liet vervolgens *The bridges of Madison County*, *The silence of de lambs*, *Rain man* en *Smoke* zien.

'*The bridges of Madison County* heb ik gezien,' zei ze, terwijl ze inwendig moest lachen omdat ze even daarvoor hun eigen relatie ermee vergeleken had.

'Dat vond ik zo'n prachtige film. Ik vond Meryl Streep erg goed. Hoe ze daar die rol van die boerenvrouw in speelde was fantastisch. Omdat ik toen ongeveer net zo oud was als zij, voelde ik alles heel intens. Als jij het leuk vind, wil ik hem best nog een keer zien,' zei ze.

'Kijk eerst maar eens naar de andere of je daar misschien

iets tussen ziet,' zei Paul die niet zo hield van dat soort tranentrekkers.

'*The silence of de lambs* heb ik op de tv gezien. Dat is toch die akelig spannende film met die gek die iemand doodbijt en dan in een ziekenauto ontsnapt. Nee, die hoef ik niet nog een keer te zien. Alleen wanneer jij het graag wilt.'

'Nee,' loog Paul, 'helemaal mee eens!' Hij zei maar niet dat *The silence of the lambs* de enige van de vier was die hij best nog eens zou willen zien. Hij wist echter dat het strategisch beter was vanavond die film niet samen te bekijken. Hij had hem expres erbij gedaan om haar een extra keuzemogelijkheid te bieden. Dan konden ze achteraf samen tevreden zijn over haar beslissing. Hij zou bij voorbaat over elke keus tevreden zijn.

'Die andere twee ken ik alleen van naam. Ik heb ze niet gezien. Welke zullen we nemen?' vroeg ze.

'Ze zijn allebei heel erg goed,' zei Paul. '*Rain man* gaat over een autistische jongen die de erfenis van zijn vader krijgt. Die jongen wordt heel goed gespeeld door Dustin Hoffman. 'Is een heel bekende film. Is al eens op tv geweest en zal vast nog wel eens op tv komen. *Smoke* is door de Volkskrantlezers uitgeroepen tot de beste film van 1995. Het lijkt een simpele film, maar dan wel één met goede dialogen en een herkenbaar verhaal. De hoofdrolspelers ontmoeten elkaar geregeld in een sigarenwinkel.'

'Ik weet het nog niet,' zei Carla. 'Ze lijken me allebei goed. Zeg jij het maar.'

'Nee, ik heb jou verrast met vier films. Jij mag kiezen,' zei hij.

'Dan kies ik *Smoke*,' zei ze.

'Ik vind het de beste keus, maar waarom kies jij hem?'

'Omdat ik *De Telegraaf* lees. Ik wil wel eens weten of ik het eens ben met de Volkskrantlezers. Ik zag dat jij die leest.'

'Niet alleen *de Volkskrant*, maar ook ander kranten,' zei Paul. 'Maar dat moet wel. Het is mijn vak. Soms koop ik ook wel eens een *Telegraaf*. We zijn eruit! Lust je een amaretto? Dan pak ik twee glazen en gaan we gezellig kijken.'

'Graag,' zei ze en las nog even de toelichting op de dvd-cover.

Ze genoten met de armen om elkaar heen en de hoofden tegen elkaar van de film.

'Mooie film,' zei ze toen de film afgelopen was. 'Wat een leuk gegeven en wat een sympathieke spelers,' zei ze, terwijl ze haar glas leegdronk. 'Vooral die Harvey Keitel.'

'Fijn dat je het zo leuk vond. Goede keus! Dan gaan we nu naar de laatste verrassing.'

Ze gingen naar de badkamer en kleedden zich uit. Ze poetste haar tanden voor de spiegel. Paul bekeek haar blote rug en dikke billen tegelijkertijd met haar borsten in de spiegel. Hij moest ineens weer denken aan Karel, de Rabobank, het logo en aan de kleine lettertjes die je op alle brochures van beleggingsfondsen tegenkomt: 'De waarde van uw belegging kan echter fluctueren. In het verleden behaalde rendementen bieden geen garantie voor de toekomst.' Hij werd zich ineens bewust dat er voor hem twee soorten rendement waren: vanavond lekker vrijen, het korte-termijn-rendement en het lange-termijn-rendement waar alles uiteindelijk om ging. Het was jammer voor vanavond, maar hij moest gericht blijven op de toekomst.

Hij liep in zijn blootje fier naar Carla, kuste haar op haar schouders en zei:

'Ik zie dat je moe bent. Zullen we gaan slapen?'

Ze bekeek hem van onderen tot boven, zag dat nog niet alles van zijn lichaam in een echte slaapstemming was en vond hem daarom dubbel zo lief. Ze was inderdaad erg moe. Niet in de laatste plaats door de halve fles wijn en de vier amaretto's.

Carla vond het prettig om Paul mee te nemen naar vrienden en kennissen. Hij was een gezellige gesprekspartner, zag er innemend uit en was altijd goed gekleed. Iedereen mocht hem en waardeerde zijn aanwezigheid. Als de zon scheen, kon hij gezellig babbelen over het belang van warmte, licht en warme kleuren voor de menselijke psyche en als het regende, kon hij zomaar de vraag op tafel leggen of men natter werd door hard door de regen te rennen of juist door er gewoon doorheen te lopen. Volgens hem maakte het weinig uit, want als je rende ving je meer regen op doordat je jezelf meer tegen de regen aantrok en als je langzaam liep ving je meer regen op doordat je jezelf er langer aan blootstelde. Hij had op tv wel eens gezien dat het niet helemaal klopte wat hij beweerde, maar dat was niet van belang.

'Ik geloof dat het meer psychisch is,' zei hij. 'De westerse mens wil nu eenmaal greep hebben op alle omstandigheden en denkt bij regen dat hij dat heeft door hard te lopen.'

Als hij merkte dat men dergelijke onderwerpen leuk vond, vervolgde hij zijn smalltalk met bijvoorbeeld de vraag of het slim zou zijn om in een neerstortende lift een klein sprongetje te maken, zodat je tien centimeter boven de vloer van de lift bleef hangen. Bij het neerkomen van de lift op de grond zou jou dan niets overkomen, omdat je maar tien centimeter boven de vloer had gesprongen.

De discussies over dergelijke onderwerpen waren zeer onderhoudend en gaven velen gelegenheid mee te praten. Zijn communicatie-training wierp duidelijk vruchten af. Hij was niet alleen een goede aangever maar ook een betere luisteraar geworden, al moest hij er wel steeds op blijven letten om niet te lang het woord te voeren. Mireille zou gek opkijken als zij zou zien hoe vaardig Paul was geworden om mensen uit te laten praten en beter in staat was meer aandacht te schenken aan zowel de inhoudelijke als de relationele kant van een gesprek.

Carla's vrienden vonden hem een plezierige aanwinst en haar vriendinnen genoten van zijn prettige verschijning en geïnteresseerde houding. Paul vond het belangrijk om zich gewaardeerd te weten, omdat hij dat nodig had voor zijn verdere plannen. Zíj waren het tenslotte die Carla signalen zouden geven voor de finale beslissing om het met hem te wagen.

Ze wilde graag een dagje winkelen in Den Haag en vroeg Paul of hij zin had om mee te gaan. Als er nu één ding was waar Paul een gloeiende hekel aan had, dan was het wel winkelen. Hij reageerde echter met: 'Gezellig! Doen we. Wanneer wil je?' Voor wat hoort wat, dacht hij met een opgewekt gezicht maar een onhoorbaar vloekende geest.

'Kun jij vrijdag?' vroeg ze.

'Prima!'

Ze reden die dag al vroeg naar Den Haag, parkeerden hun auto onder Het Plein, naast Het Binnenhof. Paul vertelde Carla dat Het Binnenhof in de dertiende eeuw door graaf Floris IV gekocht was.

'Het was eerst alleen nog maar een tuin met een muur eromheen en een woning voor de graaf. Pas later een kasteel en de ridderzaal. Onder graaf Floris V werd het de residentie van de graven. Er werd steeds meer bijgebouwd. Het was helemaal omringd door grachten. Nu is er alleen nog maar de hofvijver en een klein grachtje naast het Torentje.'

Hij zag aan haar gezicht dat haar aandacht verslapte. Ze had kennelijk meer dan genoeg gehoord en wilde winkelen.

'Hier vlak in de buurt is toch de overdekte passage? Daar wil ik graag even kijken!'

Paul wilde over het binnenplein, maar Carla zei:

'Is er geen winkelstraat naar de passage?'

'Ja, die is er wel, maar niet zo mooi als het plein.'

'Dat geeft niet, als er maar winkels zijn. Ik ben niet voor die oude gebouwen gekomen. Kunnen we altijd nog doen als we tijd over hebben.'

Ze is vastberadener dan ik ingeschat heb, dacht hij. Ik zal goed op mijn qui-vive moeten zijn. We zitten nog maar in het allereerste deel van mijn 'ondernemingsplan'. Ik moet nog minder praten en meer luisteren, anders red ik het niet met haar, dacht hij.

Af en toe stopte Carla voor één van de vele etalages. Soms stapte ze een winkel binnen. Paul volgde haar met tegenzin maar probeerde een gezicht te trekken alsof het hem echt interesseerde. Bij Meddens bleef zij staan om een blik te werpen op de vele pakjes en jassen. Paul pakte een folder naast de kassa en las dat de modieuze kleding vooral bedoeld was voor ouderen die kwalitatief goed en subtiel jeugdig gekleed wilden worden. Nou, dan was ze aan het goede adres, dacht hij en wachtte gelaten.

Hij merkte aan haar, dat ze genoot van de tijd die hij nam om samen met haar naar kleding te kijken. Hij betastte de stoffen en bekeek de etiketten met een gezicht of ze geheime boodschappen bevatten. In feite vervloekte hij het geneuzel rond passpiegels en kleding. Hij voelde zich als een vrouw op zondag achter de kantlijn van het voetbalveld, met als enig doel haar voetballende man te gerieven.

Ze kocht een vlotte blouse en een sportief jasje. Ze was heel blij met het gekochte. Hij was blij dat ze zo snel geslaagd was.

'Heb je zin om even een kijkje in de Tweede Kamer te nemen?' vroeg hij.

'Ja, interessant. Ben ik nog nooit geweest. Maar niet te lang.'

Hij vond het elke keer weer boeiend om die enkele kamerleden die het hele land dachten te vertegenwoordigen, elkaar vliegen af te zien vangen.

Hij vertelde haar dat de Tweede Kamer, destijds bij de opening van het nieuwe gebouw, de grootste moeite gehad had met een modern kunstwerk van Kounellis, omdat die met zakken kolen de buitenkant wilde laten bekleden. Beiden vonden het huidige kunstwerk een goede keus, alhoewel Paul het nuanceerde door te zeggen dat het grijs van de kolen meer zou passen bij het imago van de politiek.

'Dat geldt dan vooral de mannen,' zei Carla gevat. 'De vrouwen lopen er hier aardig gekleurd bij. Helemaal op prinsjesdag met al die bijzondere hoeden.'

'Ja, daar heb je gelijk in,' zei hij met een lach om zijn mond, die hij wijselijk daarna even dicht hield. Zwijgen was moeilijker dan praten en Carla was scherpzinniger dan hij gedacht had.

Daarna gingen ze naar het *Mauritshuis*. Het was er, zowel buiten als binnen, erg druk. Alles wat oud, grijs of gerolstoeld was, had zich van een toegangsbewijs verzekerd. De 'ach's' en de 'oh's' waren niet van de lucht. Duidelijk was te zien dat het aantal mannen in deze grijze golf van kunstminnaars sterk ondervertegenwoordigd was. De grijze weduwen zagen er niet ongelukkig uit, constateerde hij. Die hadden kennelijk geen last meer van hun veel pratende en slecht luisterende echtgenoten.

Paul vertelde Carla enkele achtergronden van een paar schilderijen, maar merkte dat het haar weinig interesseerde. Hij besloot om met haar door te lopen naar een restaurant aan de Groenmarkt waar ze een herbergschotel met gefileerde kip namen. 's Avonds bezochten ze een kunstveiling aan het Westeinde. Paul had heel nadrukkelijk aan Carla gevraagd of ze er nog wel zin in had. Tot zijn verbazing zei ze:

'Ik heb het vaak op tv gezien en wil het nu graag eens in het echt meemaken.'

Hij kocht een catalogus, vulde een biednummerkaart in en liep voorop de sjofele veilingzaal binnen. Er hing een lucht van vergane glorie.

De veiling was al in volle gang. Na diverse Montijns, Corneilles en enkele litho's van Appel, kwam een aantal etsen van Franse impressionisten aan bod. De richtprijzen waren aan de lage kant. Hij bood honderd euro voor een etsje, een ongenummerde nadruk, van Renoir. Het was *La baigneuse debout* uit 1910. Een jongeman voor hem die ijverig alle prijzen op zat te schrijven bood vijfentwintig euro meer. Paul wenkte met zijn hand. De jongeman ook. Paul had het sterke vermoeden dat de man de opdracht had om de omzet van de veiling te verhogen. Paul boog zich voorover en zei tegen hem, dat hij nog één keer zou bieden en dat die jongeman er verstandig aan deed om niet langer door te gaan. Dat hielp.

Carla was verbaasd dat Paul ook hier wist hoe te handelen. Het gaf haar een onprettig gevoel. Het was allemaal net iets te perfect. Typisch iets voor haar, dacht ze, om dat te denken. Zou wel weer te maken hebben met haar jeugd.

Voor honderd en vijfenzeventig euro werd hij de eigenaar van het etsje. Ze stapten op. Het kon niet meteen meegenomen worden. Dat kon pas over enkele dagen.

'Het is voor jou,' zei hij. 'Dat hangt mooi in je slaapkamer naast de deur van de badkamer. Volgende week haal ik het op. Dan moet ik toch in Den Haag zijn voor een artikel over stadsvernieuwing.'

Ze gaf hem een kus en bedankte hem of ze een echte Renoir had gekregen. Hij moest daar inwendig om lachen, want hij vond etsen een soort fotokopieën uit de oude tijd; zeker als het ongesigneerde en ongenummerde nadrukken betrof.

Ze liepen terug om hun auto op te halen.

'Wat zullen we doen? Waar heb je nog zin in?' vroeg hij.

'Binnen een kwartier zitten we in Scheveningen. Kunnen we wat drinken in het Kurhaus of eerst nog een strandwandeling maken. Als er plaats is, kunnen we er ook nog blijven slapen. Heb je zin?'

'Doen!' zei ze. 'Lijkt me hartstikke leuk!'

Ze liepen eerst met de wind in hun gezicht over het strand tot de vuurtoren en daarna met de wind in de rug terug naar het Kurhaus.

'Ik vind dit altijd zo lekker oerig,' zei Paul. 'Wind, grote golven en zoute lucht.'

'Je proeft het zout van de zee meestal na enkele minuten al op je lippen,' zei hij.

'Even proeven,' en likte snel over haar mond.

Carla begon meteen ook bij hem te proeven. Als een stel tieners liepen ze elkaar te likken en te kussen.

Bij de deur van het Kurhaus, trok Carla met beide handen haar krullen weer in vorm. Ze gaven hun jassen af in de vestiaire en namen plaats in de grote zaal van het Kurhaus. Ze genoten van een fles rosé en spraken over verschil in leeftijd en smaken. Paul vertelde dat hij drie jaar geleden voor zestienhonderd euro een oude, rode jukebox gekocht had voor zijn oude lp's.

'Hij is nu kapot en wordt gerepareerd,' zei hij.

'Oudere vrienden staan soms verbaasd dat ik hem prachtig vind, maar ik vind hem mooier dan een piano. Ik ben benieuwd hoe jij hem vindt, als hij weer in mijn kamer staat.'

Carla voelde dat ze niet alleen in leeftijd scheelden, maar ook in smaak. Ze waardeerde zijn eerlijkheid. Hij besefte die verschillen. Dat was goed, dacht ze. Verschillen kunnen toch niet verborgen blijven. Hij praatte haar ook niet naar de mond, want hij had gezien dat zij thuis een mooie piano had staan.

Ze besefte niet dat deze opmerking van Paul een bewuste, eerste stap van hem was om bij haar de bodem te leggen voor latere gevoelens van discrepantie in belangstelling.

'Zullen we vragen of we hier kunnen blijven slapen. Dan hoeven we niet meer weg,' zei Paul, toen ze de fles leeg hadden.

'Graag.'

Er was nog een kamer aan de zeezijde beschikbaar. Nauwelijks had de gerant hun de kamer gewezen en de deur dicht gedaan of Carla viel Paul in zijn armen en duwde hem op het grote tweepersoonsbed.

Carla maakte, half over hem heen liggend, zijn stropdas los, trok zijn overhemd naar beneden en beet zachtjes in zijn borsthaar. Paul trok haar jurk omhoog, maakte haar bh los en kuste haar borsten. Hij voelde Carla's hart heftig kloppen en haar adem versnellen. Hij sabbelde aan haar oor, wentelde haar op haar borsten en masseerde haar nek en rug. Af en toe wisselde hij de massage af door zacht met de nagels van zijn vingers symmetrische cirkels te trekken over haar rug. Toen hij haar nog een keer gemasseerd had vroeg hij: 'Zal ik je in bad een watermassage geven of is het genoeg geweest?'

'Graag!' zei ze ging als eerste in bad.

Paul begon op zijn knieën naast het bad haar bovenlijf te masseren. De douchekop hield hij in zijn linkerhand. Met de rechterhand kneep hij ritmisch in de spieren van haar nek en schouders. Hij had dat masseren een jaar geleden geleerd van een Dominicaanse, waarmee hij tijdens een vakantie een kortstondige relatie had gehad. Multiculturele contacten hadden hem nooit windeieren opgeleverd, dacht hij met enig gevoel van heimwee. Zou de overheid moeten subsidiëren.

Carla wendde haar mond naar hem toe. Ze kusten elkaar hartstochtelijk. Paul liet de douchekop in het water zakken, tilde Carla op en bracht haar naar bed, waar hij haar met een grote, zachte handdoek lichtjes afdroogde. Hij droogde zichzelf ook snel af en kroop bij haar in bed. Ze greep hem bij zijn schouders, trok hem naar zich toe en begon hem op zijn mond te kussen. Hij ging recht overeind zitten, trok haar voorzichtig op zich, sloeg zijn armen om haar heen, zodat ze erg veel lichaamscontact hadden. Het liefdesspel duurde ruim een uur.

Voldaan, maar vertwijfeld dacht Paul: Eer die ooit een depressie krijgt, ben ik al lang aan het hemelen. Zou zij soms een beter 'ondernemingsplan' hebben?

Carla genoot van alle aandacht die hij haar gegeven had. Zo'n langdurige en intense manier de liefde bedrijven, had ze nog nooit ervaren. Ze besefte hoe ze geboft had Paul te hebben ontmoet. Het was allemaal zo volmaakt. Bijna te volmaakt.

6. Mexico en Guatemala

Hun vliegtuig naar Mexico steeg binnen enkele minuten boven de wolken die Nederland al een week met regen overlaadden.

Voorlopig geen depressie, dacht Paul dubbelzinnig en keek naar Carla die enigszins gespannen door het raampje naar buiten keek.

'Weet je dat Karel vliegen vreselijk vond?' zei ze. 'Daarom hebben we destijds ook een huis in de Provence gekocht. Voor ik Karel leerde kennen, vond ik vliegen normaal. Nu moet ik er weer helemaal aan wennen.'

'Het went snel. Zul je zien. Er zijn veel meer mensen bang voor vliegen. Je hebt zelfs aparte cursussen om van vliegangst af te komen,' zei Paul.

'Ik moet altijd zo aan die vleugels wennen. Het is net of ze zomaar kunnen afbreken. Ze gaan soms zo'n eind op en neer.'

'Daar moet je niet aan denken. Dat doe je in een auto ook niet, als je vlak langs een tegenligger rijdt. Bovendien moeten die vleugels op en neer kunnen. Anders zouden ze breken. De kans dat er in de lucht iets gebeurt is heel klein. De meeste kans om te verongelukken heb je, als je met je auto naar Schiphol rijdt. Weet je dat er jaarlijks zo'n twee miljard passagiers de lucht ingaan en dat er maar zevenhonderd over de hele wereld verongelukken. Dat is ongeveer evenveel als het aantal verkeersslachtoffers in één jaar in alleen maar Nederland. Moet je nagaan!'

'Ja, maar tegenwoordig met al die terroristen; het is toch maar een naar idee.'

'Oh, maar dat heb ik uitgesloten,' zei Paul.

'Hoe dan?'

'Ik heb een bom meegenomen in mijn koffer. De kans dat er nóg iemand in het vliegtuig een bom bij zich heeft, is dan verwaarloosbaar.'

'Flauwerd, jij hebt overal een antwoord op!'

'Dat moet ook, want met je hersens kun je een heleboel gevoelens veranderen. Dat doen ze tegenwoordig in allerlei therapieën ook.'

En anderszins ook, dacht hij, maar zei dat wijselijk niet.

Ze kletsten vervolgens over reality-tv, milieu, ontwikkelingshulp en wat ze allemaal wilden zien in Mexico. Ze landden in Cancun en waren tijdens de landing al onder de indruk van de grootte en uitgestrektheid van de badplaats en van de bijzondere architectuur van veel hotels. Dat was tientallen keren Scheveningen en dan ook nog zon erbij, dacht hij.

De besproken taxi stond klaar bij de uitgang en reed hen naar Playa del Carmen, een wat rustiger plaatsje dan het toeristische Cancun, op ongeveer drie kwartier afstand van het vliegveld. Hun hotel zag er prachtig uit. Veel groen, een groot golfveld eromheen en een tweetal grote zwembaden waar vrijwel niemand in zwom.

'Dan komt hun haar niet in de war. Anders vinden ze zichzelf niet meer mooi,' zei Paul spottend. Carla herkende dat wel, maar zei niets.

Ze werden op een elektrisch wagentje met koffers en al naar hun kamer vervoerd die er royaal, mooi en schoon uitzag. Paul wierp een blik in de badkamer, keek naar buiten en zei: 'Kijk! Dit soort kaartjes zie je steeds vaker in badkamers van dure hotels. Grote zwembaden, jacuzzi's, fonteinen, beregeningssystemen voor de golfbanen en dan deze chique kaartjes met een aandoenlijk verzoek om bezinning.' Hij nam het kaartje in zijn linkerhand, bewoog zijn rechterarm joyeus richting zwembaden en golfbaden en declameerde gedragen:

'DEAR GUEST
Can you imagine how many tons of towels are washed without need
every day
in all the hotels? And how much water is wasted each day?
"There is a shortage of water in this country!"

PLEASE MAKE YOUR DECISION:

Towel on the floor means: "Please change my towel".
Towel back on the rag means: "I shall use it again".

FOR THE PROTECTION OF THE ENVIRONMENT!'

Carla reageerde met: 'Goed hè. Zo maken ze steeds meer mensen bewust van het belang van een goed milieu'…en lachte luid. Paul lachte mee, maar wist niet of zij het spottend had bedoeld of niet. Hij durfde het niet te vragen.

Beiden waren moe van de reis. Ze pakten het hoognodige uit, namen een snelle douche en gingen slapen.

De volgende dagen sliepen ze op het strand, snorkelden tussen de koraalriffen, lazen in de schaduw op hun terras en maakten enkele interessante excursies naar de Mayasteden Chichén Itzá, Uxmal en Tulum. Paul kocht boeken om zich goed te kunnen documenteren voor zijn artikel en bestelde elke keer een plaatselijke gids, die de Engelse taal machtig was en die hij van alles en nog wat vroeg.

'Plaatselijke gidsen wijzen je soms op zaken die nergens gedocumenteerd staan. Dat kan een artikel nu net een stukje meerwaarde geven,' zei hij.

In Chichén Itzá bezochten ze de Tempel van Kukulcán. Carla beklom met plezier de driehonderdenvijfenzestig treden maar toe ze boven aankwam, zag ze hoe hoog het was. Ze durfde bijna niet meer naar beneden. Door haar hoogtevrees zag ze niet dat Paul nog veel banger was en wit wegtrok. Zonder dat hij het zich realiseerde had hij met een groepje Japanners de treden naar boven beklommen. Toen hij de top bereikt had en het prachtige uitzicht over het hele complex zag, kwamen alle gevoelens die hij op de *Mont Morgon* en het *World Trade Center* had beleefd weer naar boven. Hij hoorde de dwingende stem in zijn hoofd weer precies hetzelfde zeggen als toen: 'Stel je voor dat ik haar ineens een zet geef? Zouden ze dan denken dat ík haar naar beneden heb geduwd?' Hij werd bang voor zichzelf. Als hij dát zou doen, zou alles uitkomen. Beneden stonden verschillende mensen te filmen en te fotograferen. Enkele camera's waren precies gericht op het gedeelte waar zij stonden. Zou het zijn noodlot zijn dat hij hier zijn geheimen en plannen aan iedereen bekend moest maken? Hij schuifelde van de rand weg, wiste het klamme zweet van zijn gezicht en probeerde de dwanggedachten uit zijn hoofd te bannen. Hij moest hier zo snel als maar mogelijk was, zien weg te komen. Hij had wel eens gelezen dat mensen zich niet meer tegen hun gedachten konden verweren en ze in trance uitvoerden. Het was alsof hij zich uit een door hemzelf gemaakte gevangenis moest bevrijden.

Carla genoot van het prachtige uitzicht over het hele complex, keek om naar Paul, schrok en zei:

'Wat is er? Je ziet lijkbleek.'

'Ach niets,' zei hij. 'Gaat zo weer over.'

'Is het soms iets uit je verleden?'

'Ja,' zei hij aarzelend. 'Mijn vader, dat ongeluk…in de bergen. Toen stonden we ook zo.'

Ze liep voorzichtig op hem toe, sloeg haar arm om hem heen en ging samen met hem tegen een grote steen zitten. Hij liet zijn hoofd zakken en sloot zijn ogen voor het uitzicht. Langzaam verdwenen de nare gedachten. De kleur kwam geleidelijk weer terug in zijn gezicht. Hij deed zijn ogen open en zag haar bezorgde gezicht. Net een moeder met haar kind, dacht hij ironisch. Dat kind ben ik. En wat voor één. Moest hij doorgaan met zijn plannen? Moest hij toneel blijven spelen? Was hij nu eigenlijk niet bezig zijn moeder voor de tweede keer te vermoorden? Het was of hij deel was geworden van een groot Grieks drama, dat hij zelf geschreven had en dat hij van duistere machten in zijn binnenste tot op de letter nauwkeurig moest uitvoeren. Speelde hij toneel of werd hij bespeeld door die machten? Was hij eigenlijk wel vrij en bij machte of was hij machteloos en in handen van hen? Hij voelde de hand van Carla over zijn schouders strelen, greep haar bij haar middel en kwam samen met haar overeind.

'Het gaat wel weer. Zullen we maar?' zei hij en gaf haar een kus midden op haar mond.

Ze liepen beiden achterstevoren en voorovergebogen, met de handen schurend over de stenen treden, omlaag. Toen ze weer terug op de begane grond waren, zagen ze dat ze niet de enigen waren die moeite hadden om weer beneden te komen, maar ze zagen ook mensen naar beneden komen alsof het een gewone trap betrof. Zeker mensen zonder trauma's, dacht Paul. Hij zei dat maar niet tegen Carla.

Ze snorkelden uren tussen de kleurrijke koraalriffen van Cozumei en in de lagune Xelha bij Tulum. Ze bewonderden de prachtige, exotische vissen en maakten diverse onderwaterfoto's met een toestel dat Paul speciaal voor Carla gekocht had. Ze genoten met volle teugen en bedreven de liefde als ze er zin in hadden.

Toen ze een keer samen een lange strandwandeling maakten, trok Paul zijn zwembroek uit en liep in zijn blootje het water in. Carla keek om zich heen, zag niemand op het verlaten strand en volgde zijn voorbeeld.

Als twee kinderen dartelden ze in het water en spatten elkaar nat. Hij pakte haar na enige tijd bij haar middel, drukte haar tegen zich aan en kuste haar boven en onder het water over haar hele lichaam. Langzaam trok hij haar mee naar de rand van de zee. Met de onderbenen in het water lagen ze op het strand en bedreven de liefde op een wijze zoals zij die nog niet eerder beleefd had. De wetenschap betrapt te kunnen worden door iemand die achter de palmen vandaan zou kunnen komen, gaf beiden een extra kick. Toen ze uitgevreeën waren, gingen ze in de schaduw onder een palmboom liggen nagenieten. Paul legde zijn hoofd op Carla's buik en soesde weg. Zij speelde met haar vingers door zijn blonde krullen en genoot van het uitzicht over zijn gebronsde lichaam. Wat een heerlijke vent toch, dacht ze. Haar meeste vriendinnen hadden oudere mannen; een enkele zelfs een veel oudere en zij lag hier met zo'n mooi jong stuk. Wat bezielde hem toch, wat zou hij nou van haar denken, dacht ze. Hij had toch makkelijk een knappe, jonge meid kunnen krijgen en nou lag hij hier met een vrouw van éénenveertig, met een dikke kont en dikke benen. Ze had zijn moeder kunnen zijn. Zou het misschien toch zo zijn dat hij op haar viel, omdat hij zo vroeg zijn moeder verloren had. Op zich was daar natuurlijk niets mis mee. Zij had Karel misschien ook wel getrouwd, omdat hij veel weg had van haar vader. Bij vrouwen was het toch iets anders, dacht ze. Alhoewel, ze had van diverse vriendinnen signalen gehad, dat ze haar benijdden om zo'n knappe, jonge vent. Wat zijn motieven ook waren, hij was een verrukkelijke lover en ze doezelde weg.

Paul las de gekochte boeken, maakte af en toe wat aantekeningen en vroeg haar of ze ook zin had om de Maya-cultuur in Guatemala te bezoeken. Carla vond het prima, want van al zijn uitgevoerde plannen had zij tot nu toe erg genoten. Ze vlogen vanaf Cancun met een vliegtuig van een Guatemalaanse vliegmaatschappij naar Flores om van daaruit Tikal, ooit het machtigste Maya-bolwerk ter wereld, te kunnen bezichtigen en vervolgden dezelfde dag nog hun vliegreis naar Guatamala-stad.

Paul zei maar niet dat hij in een officiële publicatie gelezen had dat deze maatschappij behoorde tot de minder veilige vliegmaatschappijen. Toen hij de oude gezagvoeder na de landing op Flores één van de jonge stewardessen hartstochtelijk zag kussen in de cockpit, dacht hij een belangrijke risicofactor ontdekt te hebben.

Ze kwamen om half tien in hun hotel in Guatemala-stad aan. Ze gingen meteen door naar hun kamer, dronken een papajadrankje uit de minibar en namen een douche. Carla ging op de rand van het bed zitten, trok haar schoenen uit en zei:

'Als je wil vrijen, moet je snel zijn; anders ben ik van de wereld!'

'Ga maar lekker slapen,' zei Paul. 'We hebben een paar zware dagen achter gehad; morgen komt er weer een nieuwe dag. Ik ga beneden nog even een borrel drinken in de bar. Dan slaap ik ook snel.' Hij gaf haar een zachte kus op de mond, streelde over haar gezicht en ging op zoek naar de bar.

Die bar bevond zich naast het restaurant en zag er met de vele tropische houtsoorten en het zwarte leer chique uit. Hij zat nauwelijks of de barkeeper vroeg hem in het Engels wat hij wenste. Paul bestelde een dubbele whisky. De man bracht zijn drankje en vroeg of hij alleen was. Paul bevestigde dat en realiseerde zich pas later dat de barkeeper 'alleen in het hotel' en niet 'alleen in de bar' bedoelde.

'Will I arrange a wife for you?' vervolgde de man.

Paul keek verrast op. Het was pas elf uur en hij was per slot van rekening nog geen éénenveertig zoals Carla. Wat leven in de brouwerij kon geen kwaad. Hij vroeg om een knappe vrouw met lange benen van ongeveer zijn leeftijd. Even non-verbaal communiceren met een leeftijdsgenoot leek hem goed tegen te veel hechting aan Carla. Hij vroeg bewust om lange benen, want hij vond veel vrouwen in Midden-Amerika aan de kleine kant en wilde niet afgescheept worden met zo'n klein indianenvrouwtje. Paul gaf de man vijftig dollar voor zijn bemiddeling.

Binnen enkele minuten stond er een prachtige, jonge vrouw voor hem. Of ze achter de deur op hem had zitten wachten, dacht hij. Dat was vermoedelijk ook zo. In andere landen had hij ze vaak op afroep in de lounge zien zitten.

Hij kuste haar op haar hand en vertrok samen met haar uit de bar. Hij had geen zin om zijn tijd hier te verdoen met drinken en praten.

Op de gang realiseerde hij zich dat hij geen kamer had. Hij vroeg haar of zij voor een uur een kamer kon regelen. Met behulp van nog eens vijftig dollar was dat snel opgelost. De Guatemalaanse stak goed in haar bloesje, had een mooi kontje, een fijngetekend gezicht en lange benen. Ze studeerde kunstgeschiedenis en gebruikte, naar eigen zeggen, de verdiensten voor het onderhoud van een jonger broertje. Paul wou haar eerst vragen wat haar mening was over de fameuze glazen schedels van de Maya's, maar bedacht bijtijds dat hij haar niet voor vijftig dollar had ingehuurd om haar kennis van kunstgeschiedenis te toetsen.

Ze gingen samen eerst in het grote, mooie bad met aan één zijde een grote spiegelwand. Paul had een spiegelwand in een badkamer altijd al zinnenprikkelend gevonden. Een voorspel, staande in het bad, leek hem het summum van genot. Tijdens het vrijen zoveel blote huid in één keer zien en met je ogen bevestigd krijgen wat je met je handen voelt; wat wil een man nog meer. In zijn eigen appartement had hij dat bewust niet laten maken, omdat hij het vermoeden had dat vrouwen er ook wel eens door geremd zouden kunnen worden. Het gevolg was dat hij thuis – tijdens het staande vrijen in bad – alleen maar bovenlijven in de spiegel kon zien en geen billen of benen; een omissie die hier eindelijk werd goedgemaakt.

Ze begonnen staand onder de douche en Paul keek zoveel als maar mogelijk was in de spiegel om als het ware een beeld in zijn netvlies te branden dat er nooit meer uit zou gaan. Ze zakten geleidelijk aan in het bad dat ze vol lieten lopen. Ze kwam op zijn bovenbenen zitten, kuste hem in zijn nek en drukte haar borsten stevig tegen hem aan. Hij kuste haar mond, ogen en tepels. Verder ging niet vanwege de beperkte mogelijkheden van het bad en hun verstrengeling van lichamen. Hij stond daarom op, hielp haar bij het naar boven komen en droogde haar af. Op het bed zette het spel zich voort. Hij liet haar begaan. Uiteindelijk was zij de professional en moest weten wat mannen fijn vonden.

Hij genoot van het feit dat, terwijl Carla lag te slapen, hij de liefde bedreef met een ongeveer half zo jonge rivale in hetzelfde hotel als waar zij sliep. Hij liep rustig terug naar zijn kamer, douchte zich, gaf Carla een kus en vroeg: 'Slaap je allang?'

'Ja,' zei ze, zich naar hem toedraaiend.

'Het ruikt hier naar parfum,' zei ze plotseling, haar hoofd van haar kussen optillend.

Paul schrok zich een ongeluk en zei heel nonchalant:

'Oh, dat is zeker van dat Maya-vrouwtje in de bar. Die wou per se een dans van me. Met één dans had ze het wel gezien. Ik deed het zo slecht.' Brutaal voegde hij eraan toe: 'Als je nog vrijen wil, moet je het zeggen.'

'Morgen lieverd! Slaap lekker,' zei ze.

'Doen we. Pit ze!'

Carla dacht nog even aan Karel zaliger. Ze hoorde hem 's nachts laat thuiskomen, na een lange vergadering en dan roepen:

'Ben je nog wakker? Ik ben er hoor!'

Ze wist wat dat betekende. Karel zou hebben geprobeerd haar alsnog te versieren en ze realiseerde zich, dat Paul toch vrouwriendelijker was. Met een gelukzalig gevoel sliep ze weer in. Heerlijk jong, die Paul!

Hij ging achter haar liggen, trok zijn bovenbenen onder haar billen, sloeg een arm om haar middel en was klaar wakker.

Dat was verrekt gevaarlijk spel geweest, dacht hij. Door in een overmoedige bui met zo'n jonge Guatemalaanse het bed in te duiken, had hij bijna al zijn plannen om zeep geholpen. Hij had zich wel gedoucht, maar de parfum was natuurlijk ook in zijn kleren getrokken en hing nu in de hele kamer. Die Carla had anders een verduveld goede neus. Gelukkig had ze alleen de parfum geroken en niet de geur van zijn geconsumeerde vrijpartij. Dit was een goede les voor hem geweest, dacht hij. Hoe kon dit toch gebeuren, vroeg hij zich af. Waarom nam hij zulke idiote risico's? Het was net alsof zijn positieve gevoelens over de verovering van Carla culmineerden in een behoefte aan overspel in haar directe nabijheid. Hij moest ineens denken aan Mitterand en Clinton. Macht en seks waren duidelijk aan elkaar gekoppeld. Net als in de dierenwereld. Succesvolle mannen genoten vaak extra op het scherp van de snede. Hij vond dat een mooie beeldspraak en sliep in met de beste voornemens.

Ze maakten vanuit Guatemala-stad nog diverse tochten naar de binnenlanden. Carla was erg onder de indruk van de indianenmarkt in Chichicastenango en een boottocht over het achttien kilometer lange Atitlán-meer naar de markt Santigo Atitlán. Ze kon haar ogen bijna niet afhouden van de felgekleurde, traditionele klederdracht van de indiaanse bevolking en kocht er enkele prachtige handgeweven kleden van meisjes die in Nederland nog leerplichtig zouden zijn. Paul genoot het meest van Antigua, de voormalige hoofdstad van Guatemala met haar prachtige oude gebouwen en haar rijke, koloniale geschiedenis.

De dagen vlogen voorbij en beiden vonden het jammer dat ze weer terug moesten naar Nederland. Gebruind en vermoeid stapten ze in Schiphol uit het vliegtuig om hun dagelijkse bestaan weer op te pakken. Beiden waren veel te weten gekomen over Mexico, Guatamala, zichzelf en elkaar.

Carla had genoten van de vele nieuwe ervaringen en van haar jonge minnaar. Paul was erg blij met haar enthousiasme, dat zo belangrijk was voor de realisering van zijn verdere plannen.

7. Amsterdam - I

Paul sprak nooit over trouwen of samenwonen. Hij meed dit onderwerp om geen argwaan te wekken. Het initiatief zou helemaal van haar moeten komen. En natuurlijk…ook initiatieven kun je stimuleren, was zijn mening.

Hij vroeg haar of ze soms zin had om mee te gaan naar een studievriendje die hem had uitgenodigd voor zijn bruiloft.

'Natuurlijk,' zei ze, 'trouwerijen heb ik altijd erg leuk gevonden. Dat is ook een goede reden om weer eens iets nieuws te kopen.'

Ze gingen er opgewekt heen en genoten van het spektakel. De bruid en de bruidegom waren een mooi stel en op het feest waren veel gezellige mensen aanwezig.

'Zou jíj eigenlijk willen trouwen?' vroeg ze toen ze terugreden.

'Trouwen? Waarom? Waar is dat voor nodig?'

'Nu ja, je kunt het ook symbolisch zien; dat je bij elkaar hoort en van plan bent te blijven.'

'Dat doen we toch,' zei hij.

'Ja, dat wel. Maar het lijkt me toch ook wel wat hebben,' zei ze.

'Nou, voorlopig hoeven we ons er niet druk om te maken. Zo enthousiast druk je je ook niet uit,' zei Paul lachend.

'Pestkop,' zei ze. 'Zo'n dag als vandaag zet je toch aan het denken.'

Dat was ook de bedoeling, dacht Paul en aaide met zijn rechterhand over haar blonde haar.

Ze spraken verder over van alles en nog wat, maar niet meer over trouwen.

Enkele dagen later zei Paul dat hij naar een tweedaagse conferentie moest. In werkelijkheid ging hij een dag naar zijn appartement om met een oud studievriendje uit Nijmegen een dag bij te praten en in de kroeg door te zakken.

Toen hij terugkwam loog hij dat hij een ex-vriendin uit zijn studententijd ontmoet had, die hem gevraagd had om samen met haar in Indonesië een scenario te schrijven voor een toneelstuk over de politionele acties. Als vrouw alleen vond ze zo'n verre reis maar eng en bovendien zou hij, als ze toch materiaal aan het verzamelen waren, meteen enkele reisartikelen kunnen schrijven.

Reisbeschrijvingen waren erg in. Heel Nederland wilde reizen. Zowel rechts als links Nederland. Paul maakte expres een omtrekkende beweging om enige achterdocht te zaaien bij Carla over die ex-vriendin.

'De biobakken,' zei hij, 'kun je zo langzamerhand zien als de soeppannetjes die de rijken vroeger aan de armen gaven. Je sust er je geweten mee. Ondertussen vliegen we de halve wereld rond en verpesten we alleen vanwege onze reisdrift het milieu. Ik ken verschillende mensen die bomen kopen om hun vliegreizen en skivakanties te compenseren. Net aflaten. De menselijke geest zit gek in elkaar. Ik denk wel eens dat die reisbehoefte en het willen kennen van andere volkeren een vorm van hebberigheid is die heel nauw verbonden is met ons kapitalistisch stelsel. 'n Soort VOC-denken! Ze zeggen niet voor niets: kennis is macht. Geld helpt daarbij goed.'

'Hoe lang gaat dat duren in Indonesië?' vroeg Carla die genoeg kreeg van zijn lange, versluierde uiteenzetting.

'Ik denk een week of vijf,' zei Paul.

'Zo lang!' reageerde ze geschrokken.

'Ja, maar ze wil een groot gebied bereizen en veel mensen interviewen. Dat kost tijd.'

Ze vond het geen prettige gedachte. Vijf weken en dan ook nog met een ex-vriendin. Die kenden elkaar natuurlijk goed. En als ze dan een paar weken samen fijn gewerkt hadden en ze dronken gezellig een inlands drankje…ze wilde er niet aan denken!

'Wanneer moet je beslissen?'

'Over een week. We zien elkaar dan weer om een stukje voor te bereiden voor een huwelijk van een paar oude vrienden,' loog Paul opnieuw. 'We denken aan een sketchje met aan de ene kant de voordelen en aan de andere kant de nadelen van het huwelijk, maar we gaan dat nog uitwerken. Misschien is het te afgezaagd. We zien nog wel.'

Zijn strategie werkte. De halve nacht dacht Carla aan Paul en z'n ex-vriendin, die samen op reis wilden door Indonesië. Hoe kon ze daar nu op een nette manier een stokje voor steken?

Toen ze de volgende ochtend de liefde hadden bedreven, zei ze: 'Ik wil trouwen!'

'Hoe kom je daar nou ineens bij?' zei Paul.

'Iedereen gaat trouwen. Waarom wij niet? Er is niets dat ons tegenhoudt.'

'Je overvalt me er wel mee!'

'Wil je niet.'

'Dat zeg ik niet.'

'Je wil dus wel?'

'Voor mij hoeft het niet, maar als jij graag wilt, dan trouwen we toch! Ik wil alles met je delen, als jij dat tenminste ook graag wil. Ik wil alleen níét in Amstelveen wonen,' zei hij weloverwogen. 'Ik wil samen met jou in mijn huis wonen of als je dat liever wilt, samen met jou een ander huis in Amsterdam kopen.'

Hij zei dat, omdat hij gelezen had dat isolering, in combinatie met gebrek aan sociale steun, als een belangrijke factor werd beschouwd bij de ontwikkeling van een depressie. Nu kon hij dat nog voorstructureren; later niet meer.

'Dat is goed!' zei Carla stralend. Dan gaan we zo snel mogelijk alles in orde maken en een mooie huwelijksreis plannen.'

Hij stak zijn armen naar haar uit en zij viel in zijn armen. Gevoelens van geluk en opluchting stroomden door haar lijf. Ze moest inwendig lachen dat ze zo slim was geweest om op het juiste moment het initiatief te nemen. Haar vriendinnen zouden gek opkijken. Carla trouwen? En dan nog wel met zo'n knappe, jonge en innemende man. Ze zag het voor zich.

De volgende weken hadden ze het druk met de voorbereidingen voor hun huwelijk. Familie, vrienden en kennissen kregen allen een uitnodiging. Haar broer in Canada belde meteen na ontvangst van de invitatie dat hij met zijn vrouw en twee dochters zou overkomen en aan hun bruiloft een vakantie in

Europa zou vastknopen. De twee ouders en twee zussen van Karel lieten weten erg gelukkig te zijn voor haar en stelden het op prijs dat ze ook voor het diner waren uitgenodigd. Vriendinnen en vrienden van de tennisclub lieten via allerlei kanalen weten erg blij te zijn voor haar. Iedereen beschouwde hen als een ideaal paar. Dat vond Carla ook; Paul evenzo, maar hij wist dat hun relatie een product was van een door hemzelf bedacht scenario, waarvan de scènes en de dialogen tot in detail door hem waren voorbereid.

Beiden waren blij gestemd maar de aard van hun gevoelens was verschillend. Carla voelde zich gelukkig omdat een toekomst met Paul haar heerlijk leek. Pauls gevoelens waren enigszins ambivalent: enerzijds kreeg hij een kick, omdat alles volgens plan verliep; anderzijds kreeg hij een gevoel dat zijn moeder over zijn schouder meekeek en hem uitlachte om het vrijwillig prijsgeven van zijn vrijheid. Dat laatste beviel hem niet.

Ze trouwden vanuit Carla's huis. Ze zag er mooi uit in een duur, maar eenvoudige blauwe lange jurk. Paul harmonieerde daar goed bij in een lichtgrijs, driedelig pak met een contrasterend blauw overhemd. Ze vormden een mooi stel en iedereen vond dat Carla ontzettend geboft had met zo'n innemende, knappe jongeman.

Enkele vriendinnen waren zelfs een beetje jaloers op haar omdat ze zo'n leuke vent aan de haak geslagen had. Twee ongeveer even oude vriendinnen dachten stiekem wel eens aan een voortijdig overlijden van hun partner om in de toekomst eenzelfde slag te kunnen slaan.

De ambtenaar van de burgerlijke stand had een goede speech met enkele persoonlijke anekdotes die ze enkele dagen ervoor aan haar verteld hadden. Het uitwisselen van de ringen was voor Carla een emotioneel ogenblik omdat zij zich nog zo goed de eerste keer herinnerde, achttien jaar geleden.

De prachtige ring met een mooi geslepen diamant die Paul aan haar vinger schoof, stelde haar in de gelegenheid om alle emoties in één keer tegelijk te uiten. Met tranen in de ogen kuste zij hem. Paul - iedereen zag het – veegde ook even met zijn middelvinger langs zijn ogen. Emoties hebben is één, dacht hij; emoties tonen is twee.

De receptie in het restaurant van *La Fontaine Royale* was vermoeiend, maar geslaagd. Het hervonden geluk was van Carla's gezicht af te lezen. Het diner erna was voortreffelijk en de speeches waren zoals speeches plegen te zijn: veel beeldspraak, herinnering, citaten en wensen.

Na het diner ging het bruidspaar voor drie weken op huwelijksreis. Op weg naar Schiphol vroeg Carla waar ze eigenlijk heen gingen.

'Onder andere naar Bali,' zei Paul. 'Dat leek me leuk samen.'

'Oh, fantastisch. Mijn buren zijn er vorig jaar geweest. Lijkt me prachtig.'

'Je hebt daar mooi weer, veel natuur en cultuur. Bovendien kun je daar snorkelen en zwemmen. Net als in Mexico. Dat vond je toen ook zo heerlijk. Lekker samen met onze benen in het water liggen,' zei hij dubbelzinnig.

Carla was zielsgelukkig en Paul voldaan met het bereiken van de laatste fase van zijn destijds geschetste 'ondernemingsplan'.

8. Amsterdam — II

Voordat ze op huwelijksreis gingen, had Paul twintigduizend euro van zijn eigen rekening op een gemeenschappelijke Raborekening gestort. Carla keek blij verrast toen hij haar de creditcard gaf en vertelde dat hij elke maand een deel van zijn honoraria zou storten.

Na hun reis zetten ze Carla's huis via een bevriende makelaar voor zevenhonderdduizend euro te koop. Sneller dan ze gedacht hadden, waren er serieuze gegadigden.

'We zoeken later wel eens uit, hoe we het geld het beste kunnen beleggen,' zei hij toen ze samen de papieren voor de notaris invulden. 'Eén van Karels oudcollega's zal best wel weten wat het verstandigste is. Moeten we gauw doen.'

Ondertussen zette hij het nummer van hun gemeenschappelijke bankrekening op de notarisbescheiden. Hij deed alsof het de gewoonste zaak van de wereld was dat de zeven ton op hun gemeenschappelijke rekening gestort werd. Het ontging Carla geheel. Ze had nog nooit iets anders dan een gemeenschappelijk rekening gehad en piekerde nog nergens over.

Dat is alvast mooi geregeld, dacht Paul. Nu de verhuizing naar Amsterdam nog.

Het was nog een hele uitzoekerij geweest wat er allemaal mee moest naar zijn appartement. Ze waren er samen echter goed uitgekomen en hadden de spullen die niet meeingen verkocht aan antiquairs en opkopers. Na de verhuizing verkochten ze Pauls auto, omdat hij toch veel thuis werkte en vaak gebruik maakte van het openbaar vervoer. Van de opbrengst kochten ze een antieke secretaire voor Carla, zodat ze met haar eigen laptop gezellig in de woonkamer kon internetten en e-mailen. Ze bezochten allerlei winkeltjes, restaurantjes en bezienswaardigheden in en buiten de Jordaan. 's Avonds gingen ze vaak naar film, cabaret of toneel. Een enkele keer gingen ze naar vrienden van Paul in Nijmegen en bleven daar dan het weekend over.

Ze maakten stedentripjes naar Praag, Wenen en Berlijn, plaatsen die Carla allemaal graag wilde zien. Paul probeerde door het plannen van zoveel mogelijk gezamenlijke activiteiten alle contacten met haar Amstelveense vriendinnen te verbreken. Ruimtelijk gesproken was dat door de verhuizing naar Amsterdam al gebeurd. Nu moesten de relaties daadwerkelijk nog verzanden.

Paul had haar goed leren kennen tijdens de huwelijksreis. Hij vond haar nog steeds aardig, open en spontaan. Alhoewel hij niet van haar hield, kon hij zich soms een leven zonder haar al bijna niet meer voorstellen. Haar constante aanwezigheid overdag en 's nachts, gaf hem een soortgelijk vertrouwd gevoel als hij tot zijn vijfde jaar bij zijn ouders thuis had ervaren. Dat gevoel beangstigde hem. Hij vond dat hij zich meer aan haar had gebonden dan hij van plan was geweest. Hij probeerde daar verandering in te brengen door haar in zijn gedachten voortaan systematisch als 'ouwe trut' te typeren. Het was trouwens een feit dat ze richting de vijftig liep en niet zo erudiet was als hij graag wilde.

Tijdens hun gesprekken en uitstapjes gebeurde het vaak dat zij dingen niet goed begreep. Vaak kon Paul er om lachen, zoals bijvoorbeeld bij de uitnodiging voor een groot tuinfeest van een stel vrienden die vier- en vijfendertig jaar waren geworden. In felroze hadden ze op hun invitatie gezet: *Soixante-neuf-party*. Zij begreep er niets van. Paul legde haar de humor ervan uit en zij was zichtbaar verbaasd dat ontwikkelde mensen een dergelijke uitnodiging aan vrienden en kennissen verzonden. Soms irriteerde haar gebrek aan educatie hem, zoals bijvoorbeeld bij een bezoek aan het *Kröller-Müller Museum*. Bij het zien van de sculptuur Spin Out van Rihard Serra zei ze: 'Jammer, dat ze het helemaal hebben laten verroesten.'

Ze snapt er ook werkelijk geen ruk van, dacht hij en concludeerde dat de transfer van aquarelleren naar andere vormen van kunst kennelijk nihil was. Hij stelde snel voor om in het restaurant cappuccino met verse appeltaart te nemen. Vooral als de punt warm opgediend werd met een snuifje cacao op de slagroom, voelde hij een gelijkheid van geesten tussen hen beiden, die het gemis ervan bij andere gemeenschappelijke gebeurtenissen enigszins compenseerde. Hij ergerde zich bovenal aan zichzelf, omdat hij zijn eigen irritatie over haar onkunde een bewijs van teveel hechting vond. Hij zou er meer boven moeten staan. Hechting of geen hechting, dacht hij, hij had destijds een 'ondernemingsplan' gemaakt en hij was nu begonnen aan het laatste deel van het plan. Daar ging het om! Het was juist goed dat ze niet zoveel doorhad, want anders zou hij het veel moeilijker krijgen om de rest van zijn plannen met haar ten uitvoer te brengen. Eén fout en al het voorafgaande zou voor niets zijn geweest.

Hij had diverse publicaties over oorzaken en aanpak van depressief gedrag gelezen. Het combineren van deze gegevens met de reeds eerder gelezen literatuur op het gebied van de non-verbale en verbale communicatie, moest hem in staat stellen om haar zodanig in een depressie te doen belanden dat suïcide het enige alternatief voor haar zou worden. Het was hem uit de literatuur duidelijk geworden dat depressief gedrag zelden één oorzaak heeft en dat hem dus niets anders restte dan zoveel mogelijk oorzakelijke factoren te creëren.

Om Carla aan zich te binden en tot een huwelijk te verleiden, had hij in het verleden slechts gebruik hoeven maken van min of meer voor de hand liggende versiertrucs. Haar in een ernstige depressie leiden, was echter een veel zwaardere opgave. Enerzijds moest hij haar gevoel van eigenwaarde gaan ondermijnen. Anderzijds moest zij hem niet als de veroorzaker ervan kunnen aanmerken, maar het gehele proces van vermindering van zelfrespect en ontreddering juist ervaren als iets dat zich heel geleidelijk vanuit haarzelf had ontwikkeld. Daarvoor zou hij moeten aanknopen bij negatieve ervaringen uit haar verleden, en haar meest kwetsbare plekken zien te ontdekken. Dan zou hij haar zelfvertrouwen het sterkst kunnen ondermijnen. Alleen dan zou ze de door hem veroorzaakte gevoelens van onzekerheid en onbehagen relateren aan haar eigen functioneren en niet aan zijn gedrag.

Hij probeerde haar kwetsbaarste plekken te ontdekken door

haar persoonlijke verhalen te vertellen over zijn eigen jeugd: het aangrijpende ongeluk van zijn vader, de gevoelsarme opvoeding door zijn moeder die het verlies van zijn vader nooit te boven was gekomen en de suïcide van haar op de dag dat hij éénentwintig was geworden. Waar nodig verzon hij intieme gevoelens en dramatische toevoegingen.

'Mamma kon mijn vaders dood niet van zich afzetten,' zei hij. 'Haar gevoelens kon ze totaal niet kwijt. Ik was pas vijf en ze heeft mij er niet mee willen belasten. Maar warmte geven kon ze niet meer. Met veel eten, alcohol en therapie, heeft ze haar leven weten te rekken tot ik éénentwintig werd. Toen vond ze het pas verantwoord om er een eind aan te maken. Al die tijd ben ik in feite een blok aan haar been geweest. Anders had ze het vermoedelijk al veel eerder gedaan. Op haar manier heeft ze dus veel van me gehouden.'

Hij wreef met zijn middelvingers langs zijn ogen, zweeg en keek omlaag.

'Hoe heb je dat vol kunnen houden?' vroeg ze.

'Ik denk door een sterke overlevingsdrang, veel lezen, sporten en steun van de buren. Soms voelde ik me als Remi uit *Alleen op de wereld*, verlaten door iedereen, onzeker…en twijfelend aan mijn eigen kunnen. Gelukkig ontdekte ik al gauw dat ik goed kon leren en ontving ik veel waardering en steun in het voortgezet onderwijs. Dat heeft me er doorheen geholpen. Al met al was het natuurlijk een ellendige jeugd en kan die onzekerheid mij een enkele keer nog wel eens overvallen. Vaak rationaliseer ik het weg en zeg ik tegen mezelf dat miljoenen kinderen over de hele wereld dit soort ervaringen nog steeds hebben en dat elk mens in zijn leven te maken krijgt met nare gebeurtenissen en perioden van twijfel en onzekerheid.'

Hij wachtte even, keek in de verte, wendde zijn hoofd naar

haar en zei ineens:

'Jij zult toch ook wel periodes van twijfel en onzekerheid gekend hebben?'

'Natuurlijk,' zei ze, licht geschrokken van de plotselinge omslag. Ze aarzelde even en zei zacht: 'Als schoolkind voelde ik me erg onzeker. Ik was een dikkerd en een jongen in mijn klas schold me vaak uit voor 'dikkont'. Ik was bang dat anderen dat ook zouden gaan doen en dat niemand dan nog met me wilde spelen. Ik ben hem toen in de pauze een keer gevolgd en heb hem toen heel hard tussen zijn benen geschopt. Hij huilde ontzettend maar heeft me nooit meer gepest! Gelukkig werd ik in de puberteit ineens groter en kon ik gelukkig met iedereen goed opschieten.

Wat ik toen heel erg heb gevonden, is dat mijn vader mijn moeder verliet voor een jong collegaatje. We voelden ons alledrie verraden. Mijn broer zei toen, dat mijn vader er met zo'n jonge griet met dikke tieten vandoor was gegaan. Dat vond ik toen vreselijk voor mijn moeder, want die had inderdaad niet zoveel. Toen Karel later een secretaresse kreeg met flinke borsten kwam dit allemaal weer naar boven. Ik werd jaloers en bang dat hij er ook met haar vandoor zou gaan, omdat ik net als mijn moeder niet zoveel heb. Het was gewoon een idee-fixe. Er is trouwens nooit iets tussen hen geweest. Sterker nog: Karel vond grote borsten helemaal niet belangrijk.'

Paul moest hard lachen en zei: 'Kun je zien hoe we allemaal in elkaar zitten! Dit is een mooi voorbeeld dat het niet om de werkelijkheid gaat. Het gaat erom hoe je die ervaart en welke betekenis je eraan geeft.'

Hij vond ook dat Carla wat klein uitgevallen borsten had maar gaf daar net als Karel niet veel om. Borsten en billen hadden nooit zo zijn interesse gehad. Een paar ronde, volle borsten waren mooi meegenomen, maar meer ook niet. Niet wezenlijk anders dan goed gevormde kuiten of ronde oorlelletjes. De uitstraling en wat iemand zei, vond hij belangrijk! Oké, sprekende ogen en volle getekende lippen trokken wel zijn aandacht, maar altijd binnen het geheel van die uitstraling. Borsten, billen en geslachtsdelen waren alleen binnen de context van het liefdesspel van betekenis. Correcties daarvan verbaasden hem altijd hogelijk. Alleen wanneer het medisch nodig was, kon hij het begrijpen. Bovendien waren grote, kleine, mooie of lelijke borsten voor zijn plannen totaal onbelangrijk. Het was echter wél van grote betekenis dat hij wist wat zij er zelf van vond. Als ze eenmaal in een depressie zou zijn beland, zou hij dergelijke gevoelige punten op een subtiele wijze mee kunnen nemen in zijn aanpak om het hele proces te intensiveren. De depressie zou uiteindelijk de opmaat moeten worden voor haar beslissing tot zelfdoding. Dat zou alleen maar gebeuren als de depressie heel ernstig was. Daarvoor moest hij nare gebeurtenissen creëren die haar psychisch kapot moesten maken. Ze zou helemaal alleen moeten komen te staan en geen uitweg meer moeten zien. Pas dan kwam suïcide in het vizier. Het globale scenario was klaar. Nu de uitwerking nog.

Paul had vanaf het begin dat ze elkaar leerden kennen, Carla stapje voor stapje aan zich gebonden. Dat was goed gelukt, vond hij. Vrijwel alles deden ze samen. Vanaf nu ging hij heel subtiel, zowel non-verbaal als verbaal, tewerk om bij haar een totale psychische isolatie en geestelijke ontreddering te bewerkstelligen. Hij was van plan om gedragingen die afstand tussen hen tot stand moesten brengen, gepaard te laten gaan met lichamelijke aanhalingen en woorden van zorg en verbondenheid. Zo zouden bij haar gevoelens van ambivalentie en onzekerheid geschapen worden, die haar eigenwaarde ernstig zouden ondermijnen.

Hij begon heel simpel.

Het was zaterdagavond elf uur. Ze dronken enkele glazen wijn uit de oude voorraad van Karel, die in twee klimaatkasten in de berging hun plaats hadden gekregen. Paul las de krant en Carla zat naast hem tv te kijken. Ze zaten tegen elkaar aan. Hij ging enkele centimeters opzij. Dit was het begin van de geplande verwijdering.

De film was afgelopen. Carla draaide zich naar hem toe en gaf hem een kus op zijn wang. Hij reageerde een fractie van een seconde langzamer en een ietsje minder intens dan anders.

Hetzelfde was hij voornemens te gaan doen met strelen, aanhalen, beetpakken en vrijen. Alles zou over een periode van vele maanden, minder intens, minder frequent, minder langdurig en dus minder nabij moeten worden. Het resultaat van al die minimale veranderingen zou op een gegeven moment door Carla worden waargenomen, zonder dat zij precies zou kunnen aangeven waardoor het ontstaan was. Ook op verbaal gebied zou hij heel geleidelijk distantie gaan scheppen. Hij sloeg zijn krant dicht en zei: 'Zullen we naar bed gaan, lieverd?'

Ze keek licht verbaasd op. Zaterdagavond vreeën ze altijd. Waarom zei hij nu 'naar bed gaan' in plaats van 'vrijen'?

Ze had niet door, dat hij door het gebruik van deze nieuwe benaming ook de eerste verbale afstand tussen hun beiden geschapen had.

Ze keek naar zijn ogen. Hij keek haar echter zo open en lief aan en zei meteen: 'Heb je zin in vrijen?' zodat bij Carla elke beginnende twijfel wel moest verdwijnen.

Ze douchten zich en droogden elkaar, zoals ze zo vaak deden, af. Paul tilde haar op, legde haar op bed, draaide haar op haar buik en masseerde haar nek en schouders intensief en langdurig. Een volgende keer zou hij ook dit een fractie korter en minder intens doen dan voorheen. Vooral niet teveel tegelijk, dacht hij.

'Vind je het lekker?' vroeg hij.

'Heerlijk! Ga nog maar even door.'

Tijdens het vrijen erna streelde hij haar al iets minder intens dan voorheen. Hij probeerde Mireille en haar nieuwe vriend voor de geest te halen om bij zichzelf de noodzakelijke afstand op gang te brengen. Hij dacht dat ze nog niets merkte, maar Carla voelde toch al iets. Ze dacht echter dat het aan haarzelf lag en gaf de schuld aan de drank.

De volgende dag gedroeg Paul zich weer als vanouds. Het spel van afstoten en aanhalen was in gang gezet. Hij bracht haar ontbijt op bed en vertelde dat hij net gebeld was voor een interview met een regisseur uit Alkmaar. Het zou een gesprek worden van een uur, dus als ze zin had kon ze gezellig mee. Er was tijd genoeg om samen iets leuks te doen.

'Dan zet ik je af in het centrum. Kun jij fijn shoppen. Je hebt daar veel leuke winkels,' zei hij. 'Dan kom ik na een uur terug. Als jij dan wat gezien hebt, kunnen we samen nog even kijken als je het fijn vindt. We kunnen daarna ook nog een strandwandeling maken bij Bergen aan Zee of een hapje eten.'

'Ja, dat is leuk!' zei ze enthousiast.

Hij wilde die avond in elk geval voor half elf thuis zijn. Er was dan een uitzending over euthanasie. Al geruime tijd had hij naar een gelegenheid gezocht om Carla vertrouwd te maken met het denken over euthanasie en zelfdoding. Hij zag die discussie als het aanleggen van een soort infrastructuur voor zijn latere plannen. Vanavond zou het begin kunnen zijn.

Een week geleden had hij de aankondiging gelezen. Vijf maanden voordat hij haar had leren kennen, was hij lid geworden van de Nederlandse Vereniging voor Vrijwillige Euthanasie. Omdat hij het met het gedachtegoed van de NVVE eens was, had hij een euthanasieverklaring voor zichzelf zowel bij de NVVE als bij zijn huisarts gedeponeerd.

In diverse publicaties had hij gelezen dat ook de wil voor beïnvloeding vatbaar is. Als dat zo was, dan was beïnvloeding tot zelfdoding ook mogelijk. Uiteraard was die bereidheid om jezelf het leven te ontnemen niet iets dat je van de ene dag op de andere dag kon bewerkstelligen. Het leven van haar zou daarvoor zo ondraaglijk moeten worden, dat zij geen enkel ander alternatief meer zou zien. Cruciaal hierbij was, dat zij de oorzaak van alle ellende uitsluitend bij zichzelf zou moeten zoeken. Daarom moest hij haar zorgzaam, maar genadeloos de afgrond in leiden. Die afgrond zou hij haar zelf laten graven.

Carla genoot van het winkelen in Alkmaar. Ze had een paars-groene kasjmier overtrek voor hun dekbed en een sportieve jas apart laten leggen. Paul was erg enthousiast toen hij beide aankopen zag en stimuleerde haar nog een mooie blauwe shawl erbij te kopen. Ze was zichtbaar tevreden en ging enthousiast mee naar Bergen, waar ze een flinke wandeling langs het strand maakten. Na afloop dronken ze warme chocolademelk in een strandtent en gingen vervolgens naar een chic restaurant even buiten Alkmaar, waar ze zich tegoed deden aan gevulde eend met kersen. In de lounge kocht Paul nog een doos kersenbonbons.

'Fruit is goed voor je,' zei hij.

Ze maakte de doos meteen open en ze aten er elk drie.

'De rest is voor vanavond bij de tv,' zei Carla. Echt iets voor die 'ouwe trut', dacht hij. Altijd iets achter de hand houden.

Ze waren om tien uur thuis, ontkurkten een fles wijn en nestelden zich op de bank voor de tv. Hij las een tijdschrift en zij keek tv. Om even voor half elf zei hij:

'Is er nog iets bijzonders op de tv? Kijk eens.'

Zij zapte naar de teletext-pagina en Paul zei quasiverrast:

'Hé, een programma over euthanasie op Nederland-3. Zet eens aan! Misschien is het wat.'

Het programma was net begonnen. De inleider zei op gedragen toon dat ondraaglijk lijden een subjectief begrip is en dat niemand kon bepalen hoe ernstig het lijden van een ander is. Ook bij euthanasie gold dat bevoogding uit den boze was en dat het individu het recht op zelfbeschikking bezat.

Toen het programma afgelopen was, vroeg ze wat hij ervan vond. Hij zei dat hij al geruime tijd lid was van de Vereniging voor Vrijwillige Euthanasie, omdat hij vond dat ieder mens zelf moest kunnen beslissen over de manier en het tijdstip waarop hij wilde sterven.

'Mijn huisarts heeft een exemplaar van mijn euthanasieverklaring. Ik kan een ernstig ongeluk krijgen en misschien niets meer bewegen en zeggen. Dan zou ik de godganse dag over mijn eigen ellende moeten denken terwijl ik honderd jaar geleden gewoon een natuurlijke dood zou zijn gestorven.'

Hij zei dat zijn opvattingen nog verder gingen.

'Weet je dat er ongeveer vijftienhonderd zelfmoorden per jaar in ons land worden gepleegd? Het is toch vreselijk dat zoveel depressieve mensen zich voor de trein werpen, ophangen of van flats springen. Ik ben een voorstander van het verstrekken van een zelfdodingspil aan mensen die dat willen.'

'Zie jij dan geen gevaar voor mensen die een poosje depressief zijn,' vroeg Carla.

'Ja, dat gevaar is er.'

'Maar dat soort gevaren is nog veel meer aanwezig bij een leger en kernwapens.'

'Hoezo? Wat bedoel je?'

'Ik bedoel dat veel tegenstanders van de zelfdodingspil geen tegenstander zijn van een leger terwijl iedereen weet hoeveel verkeerde inschattingen daar gemaakt worden en hoeveel onschuldige mensen er tijdens militaire acties gedood worden. Dat gaat nota bene om de dood van mensen die niet dood willen. Daar zouden ze het eerst eens over moeten hebben. Niet over mensen die zelf dood willen. Die mensen vinden dat ze genoeg geleden hebben of zijn bang voor verdere aftakeling en afhankelijkheid. Veel ouderen zien het gevaar van een mensonwaardige oude dag met de dag toenemen. Zelfdoding onder ouderen zal in de komende jaren dan ook alleen maar toenemen. Daar durf ik vergif op in te nemen,' zei hij lachend.

'Wat is er bovendien op tegen om, als je het zelf niet meer ziet zitten, dan op een passende wijze een eind aan je leven te maken. Wij zien de dood veel te zwaar in. Miljarden mensen zijn ons voorgegaan en over een eeuw is vrijwel de hele wereldbevolking van nu dood en dat zijn ruim zes miljard mensen. Je ziet nooit een artikel in de krant met de kop *Zes miljard mensen met de dood bedreigd*. Iedereen vindt dat vanzelfsprekend. Maar als iemand besluit iets eerder uit het leven te stappen, beginnen veel mensen te steigeren.'

Ze spraken nog lang na over diverse zelfdodingsmethoden. Paul zei langs zijn neus weg dat hij voor zichzelf de beste methode gekozen had, voor het geval het ooit nodig zou zijn.

'Wat is de beste methode dan?' vroeg ze.

'Een flinke dosis diazepam slikken en een plastic zak over je hoofd trekken, goed vasttapen om je nek, zodat er geen lucht uit kan en klaar ben je. Je gaat snel dood aan een overdosis kooldioxyde. Je weet niet eens dat je dood gaat. Je slaapt gewoon in. Dat schijnt de beste methode te zijn. De bekende Amerikaanse psycholoog Bettelheim heeft dat enkele jaren geleden ook gedaan.'

'Get, wat een nare gedachte,' zei ze.

'Dat is het ook,' zei hij. 'Maar je moet je ook eens verplaatsen in mensen die het helemaal niet meer zien zitten en zich voor een trein of van een flat werpen. Zolang de zelfdodingspil niet verstrekt mag worden, blijft zo'n zak het enige humane alternatief.'

Carla vond het een naar onderwerp, maar ze vond zowel het tv-programma als het commentaar van Paul reëel.

De kiem voor haar finale beslissing was gelegd.

Paul nam elke dag iets meer non-verbaal en verbaal afstand van Carla. Hij zorgde ervoor dat de veranderingen zo minimaal waren, dat elke discussie erover bij voorbaat zinloos was. Wanneer zij voor zichzelf alles op een rijtje zou zetten, zou ze alleen maar sterker aan zichzelf gaan twijfelen. Tegelijkertijd liet hij haar heel kort merken, dat hij niet meer zo gevoelsnabij was als in het begin. Toen ze een keer vroeg:

'Zullen we ergens een hapje gaan eten?' zei hij heel bewust en iets vertraagd:

'Hè, wat zeg je?'

'Zullen we een hapje gaan eten?'

'Als jij zin hebt. Anders niet!'

'Natuurlijk heb ik zin. Anders zou ik het toch niet vragen!'

'Nou ja! Je laat niet merken dat je graag wilt. Dus ik dacht, dat je niet veel zin hebt,'

'Ik heb wel zin.'

'Zeg dat dan!'

Dit soort gedrag wisselde hij vervolgens weer af met een kus in haar nek, een arm om haar middel, koosnaampjes en het meenemen van kleine attenties.

Tijdens het afnemend aantal keren dat hij met haar nog uit eten ging, paarde hij zijn sterk gereduceerde smalltalk en verminderde luisterhouding, door een net iets te lange blik richting jonge vrouwen. Vooral vrouwen met grote borsten kregen zijn aandacht. Hij stopte het gesprek dan een moment, zodat zij even het gevoel kreeg een buitenstaander in haar eigen gesprek te zijn. Lang duurde zoiets niet, want Paul zei bijvoorbeeld direct aansluitend:

'Is jouw stroganoffsaus ook zo lekker?' of 'Wil je wat van mijn wildsaus proeven?' Heel enthousiast sneed hij dan een stukje vlees af, deed met zijn mes heel zorgvuldig wat wildsaus erop en hield het in de richting van haar mond, terwijl hij haar als vanouds diep in de ogen keek. Dit maakte dat ze haar negatieve gevoelens net niet uitte en ze gemakshalve, tezamen met het lekkere hapje in haar binnenste liet verdwijnen.

Hij maakte dit alles nog moeilijker interpreteerbaar door aardige opmerkingen soms gepaard te laten gaan met minder gemotiveerde bewegingen of zuchten. Haar twijfels over zichzelf probeerde hij te versterken door te vragen naar het waarom en het hoe van haar onzeker wordende gedrag. Vragen als: 'Wat is er lieverd? Voel je je wel goed?' of ' Als je geen zin hebt, moet je het zeggen hoor, schat!' waren uitingen die – doordat hij ze dikwijls gepaard liet gaan met een ongeïnteresseerde gezichtsuitdrukking of het licht optrekken van zijn schouders – sterke ambivalente gevoelens bij haar bewerkstelligden.

Uit kranten en tijdschriften las hij die stukjes voor, die Carla ervan bewust maakten, dat zij – zonder dat hij zich direct tot haar richtte – bepaalde eigenschappen of kwaliteiten miste. Meestal begon hij dan met: 'Goh, moet je eens horen wat hier staat!' Zonder dat hij iets expliciets gezegd had, ervoer Carla de voorgelezen fragmenten dan als een verwijt tegen haar als persoon of als een depreciatie van haar als oudere vrouw. Als zij daar inhoudelijk op reageerde, zei hij: Ach, liever, die mensen schrijven maar wat. Wat kan mij dat nu schelen. Ik houd toch van je zoals je bent.'

Dit soort uitingen ondermijnden haar zelfvertrouwen. Ook in de kracht en hoogte van de toon ervoer zij een lichte mate van afstand. Ze gingen minder uit, praatten minder met elkaar en vreeën minder. Als ze het deden, was het ook minder intens en minder betrokken op elkaar dan voorheen. De sfeer werd in de loop van een aantal maanden onaangenaam. De oorzaak was niet precies aan te geven, maar Carla voelde zich niet prettig meer in haar vel steken. Omdat ze stevig met Paul meedronk en hij haar ongemerkt telkens bijschonk, voelde zij zich geleidelijk aan minder fit worden. Ze ging twijfelen aan zichzelf en vroeg zich af wat ze fout deed. Was ze niet aantrekkelijk genoeg? Vond hij haar toch te oud? Was ze te dom voor hem? Ze vermoedde totaal niet dat die innerlijke onzekerheid en het geleidelijk aan kwijt raken van het gevoel van eigenwaarde, precies dát was wat Paul wilde.

Toen hij op een avond thuis kwam, kuste hij haar losjes op de mond, keek om zich heen en zei:

'Waar is de krant?'

'Daar naast de bank,' zei ze en bestudeerde zijn gezicht.

'Is er iets?' vroeg ze.

'Nee, hoezo?'

'Omdat je zo weinig zegt.'

'O, dat ben ik me helemaal niet bewust. Ik ben net thuis en moe van het interviewen.' Hij keek niet op van zijn krant en las verder.

Carla wilde haar gevoel van onvrede met hem bepraten en zat te denken hoe ze dat het beste kon aanpakken. Paul voelde haar naar zich kijken en veranderde meteen van strategie.

'Moet je eens horen,' zei hij. 'Hier staat dat elke dag een stuk chocola eten goed is voor het hart. Het bevat bijna evenveel flavonolen als een glas rode wijn. Zal ik een goed glas wijn voor ons samen inschenken? Dan blijven we gezond en komen alvast in de stemming.'

Ze begreep niets van die omslag in zijn gedrag. Misschien beeldde ze zich toch maar wat in, dacht ze.

'Ja, lekker!' zei ze.

'Dan nemen we na het eten bij de koffie wat chocoladeboontjes. Worden we beiden nog honderd ook.'

Tijdens het eten praatte hij weer honderduit. Ze keken vervolgens tv, lazen beiden in kranten en tijdschriften en dronken enkele glaasjes amaretto.

'Goh, het is al kwart over twaalf,' zei Carla.

'Zullen we naar bed gaan? Zei Paul. 'Dan zal ik je iets voorlezen dat je vast heel mooi vindt.'

Hij had in haar verzameling kinder- en sprookjesboeken een boekje gezien dat hem geschikt leek. Het was *Het tovervisje* van Van Nelle. Voorin stond met pen geschreven: *Voor Carla ter gelegenheid van haar 5^e verjaardag. Van Opa en Oma.*

Hij begon:

'In het land der blonde duinen
En niet heel ver van de zee,
Woonde eens een dwergenpaartje
En dat heette 'Piggelmee'.
't Waren heel, heel kleine mensjes
En ze woonden – vrees'lijk lot,
Want ze hadden heel geen huisje,
In een oude keulse pot.'

'Herken je het?' vroeg hij aan Carla, die met haar hoofd tegen zijn schouder lag.

'Ja, prachtig! Heb je het uit de boekenkast?'

'Ja.'

'Mijn ouders lazen me het vroeger altijd voor.'

'De mijne ook!' loog Paul.

Ze kroop met haar hoofd ouderwets tegen hem aan. Paul zag dat het sprookje veel in haar losmaakte. Het bracht bij hemzelf ook gevoelens naar boven. Gek, hij had ze dus toch! constateerde hij verbaasd. Mireille zou eens moeten weten.

Hij zag zichzelf weer als vierjarig kind bij zijn moeder op schoot zitten, in de erker van hun huis in Nijmegen. Hij mocht vaak een prentenboek uitzoeken dat zijn moeder dan ging voorlezen. Zij veranderde soms een woord of sloeg wel eens een regel over, waarop hij altijd meteen reageerde door te zeggen dat ze het fout deed. Knus en warm was dat toen. Na de dood van zijn vader was dat allemaal verdwenen.

Hij voelde zich wat onwezenlijk nu Carla met haar hoofd tegen hem aanlag en naar hem lag te luisteren. Er liepen dingen bij hem door elkaar. Het was alsof hij samen met zijn moeder naar een sprookje lag te luisteren dat hij zelf voorlas. Heel dubbel allemaal. Hij probeerde die gevoelens van zich af te schudden door aan zijn 'ondernemingsplan' te denken en vroeg:

'Zal ik verder gaan?'

'Ja, graag.'

'Dan lees ik verder.'

Toen hij bij de laatste bladzijde was aangekomen, legde hij zijn hoofd tegen het hare, sloeg zijn arm om haar heen en vervolgde:

'Thuis gekomen vond het ventje
't Leven heerlijk weer en goed.
...Van "Van Nelle's pakjes koffie"
Kwam de geur hem tegemoet!
Tot het einde hunner dagen
Zat het eenzaam dwergenpaar
Steeds "Van Nelle's" koffie drinkend,
In-gelukkig bij elkaar!'

Hij zag dat Carla's ogen vochtig waren en in de verte staarden. Hij drukte haar tegen zich aan en kuste haar. Zo'n gemeenschappelijke ervaring schept een band, dacht hij. Binding gecombineerd met niet te manifeste afstoting is de beste bodem voor neurotiforme depressies, had hij ergens gelezen. Hoe meer band nu; des te moeilijker voor haar als over een poosje de band rigoureus verbroken zou worden.

Hij voelde aan haar lijf dat ze geen zin had om te vrijen, maar hij zei:

'Heb je soms zin?'

'Ja, dat is goed,' zei ze mat.

Paul deed of hij dat niet merkte. Hij kuste haar op de mond en zei:

'Heb je iets speciaals gegeten vandaag?'

'Nee, hoezo?'

'Je ruikt zo uit je mond,' loog hij. Hij voelde dat ze nu helemaal geen behoefte meer had en zei expres:

'Je wil toch wel?'

'Ja hoor.'

Hij concentreerde zich op de daad zelf en was binnen enkele minuten klaar.

'Ben jíj klaar?' vroeg hij, 'Of moet ik nog even doorgaan?'

'Nee, stop maar. Het was lekker zo,' zei ze. Ze had er weinig van gevoeld.

'Ik wil nog best even doorgaan,' zei hij.

'Nee, dat hoeft niet.'

'Echt niet?' vroeg Paul en kuste haar langdurig op haar mond, terwijl hij met zijn hand over Carla's haar streek.

Tegenstrijdige gevoelens kwamen bij haar boven: enerzijds was hij erg nabij geweest; anderzijds had ze het gevoel dat hij lichamelijk en geestelijk bezig was te verdwijnen.

Paul was tijdens zijn huwelijk met Carla altijd iemand van de klok geweest. Om half zes was hij meestal thuis om samen met haar een glas wijn te drinken en ondertussen al wat klaar te maken voor het eten. In een periode van maanden had hij ook dit aspect van zijn functioneren geleidelijk veranderd. Hij had dat gedaan door eerste enkele dagen een paar minuten later te komen en dat langzaam uit te bouwen tot langere periodes. Na enkele maanden was hij zelden precies op tijd; meestal veel te laat. Om de verwarring groter te maken, belde hij een keer om half zes op om te zeggen dat hij een uur later thuis zou komen, omdat hij met een stel vrienden nog even wat moest doorpraten. Hij kwam echter twee uur later thuis en zei:

'Sorry, het was zo gezellig; ik ben de tijd helemaal vergeten.'

Carla besefte dat dit later komen dan gebruikelijk niet te vergelijken viel met het te laat komen van haar Karel zaliger die vaak ook laat thuiskwam van vergaderingen. Niemand zou begrijpen waarom ze zich druk maakte, dacht ze geërgerd.

Op een keer belde Paul 's middags op om te zeggen dat hij 's avonds om elf uur zou thuis komen. Het werd twee uur.

Ze lag nog op de bank tv te kijken en vroeg met wie hij was wezen stappen. Paul vertelde enthousiast dat hij met enkele kennissen had nagekletst over hun werk en daarna was wezen doorzakken. Toen ze zei, dat ze ook wel eens mee wilde, zei hij dat dat niks voor haar was:

'Het zijn heel andere mensen dan jij gewend bent. Jacques is grafisch ontwerper, Pieter is regisseur en Marja en Mathilde werken beiden als copy-writer op een reclamebureau. Wij praten dan al gauw over zaken waar jij niets vanaf weet en dat is niet leuk. Daar voel jij je gewoon niet prettig bij. Dat is nu eenmaal zo.'

Ze voelde zich hierdoor gekrenkt, temeer daar het haar gevoel versterkte, geen greep meer te hebben op haar eigen situatie. Ze snapte best dat Paul af en toe ergens bleef hangen. Hier kon ze echter niet tegen. Ze voelde zich zo een mislukkeling geworden.

De praatgrage Paul van vroeger werd steeds minder spraakzaam. Pogingen van Carla om net als vroeger over allerlei zaken op de tv en in de krant met elkaar te praten, had hij in de loop van enkele maanden afgekapt door korter te gaan antwoorden, zijn blik niet of nauwelijks tot haar te richten en al pratend door te gaan met tv-kijken of lezen. Pogingen van haar om een gesprek op gang te krijgen, deed hij af met zinnen als: 'Zo gaat dat nu eenmaal,' 'Dat is ook wat,' en 'Ik kan me daar allemaal niet druk om maken.' Er kwam van hem geen enkel initiatief meer om samen ergens heen te gaan, een filmpje te pakken of buitenshuis te eten. Ze voelde zich soms zo op zichzelf teruggeworpen dat ze niet alleen 's avonds, maar ook 's middags sherry of wijn ging drinken. Dat had als gevolg dat ze zich nog minder fit ging voelen.

Paul versterkte dat proces door elke avond voor het slapen gaan in één van de amaretto's een paar milligram diazepam te doen. Geleidelijk voerde hij de dagelijkse dosis op tot tien milligram. Voor alle zekerheid had hij deze pillen niet in Nederland, maar tijdens hun vakantie in Mexico al gekocht. In een medisch tijdschrift had hij eens gelezen dat – na een periode van gewenning – een depressie sterk geïntensiveerd kon worden door het plotseling stoppen van diazepamgebruik. Dat zou vlak voor de finale mooi meegenomen zijn.

Toen haar inactiviteit en zwaarmoedigheid dusdanige vormen gingen aannemen, dat Paul inschatte dat een snelle verandering ten goede hoogst onwaarschijnlijk was, trachtte hij haar gevoelens van lethargie voor haar nog manifester te maken door haar de ene keer te vragen mee te gaan naar een disco en de andere keer naar een houseparty of kunstenaarsfeest. De negatieve reacties hierop had Paul verwacht en beantwoordde hij met zinnen als:

'Ga toch mee; dan kom je uit die spiraal van depressieve gedachten', 'Je suft helemaal in; doe weer eens net zo jeugdig als vroeger' of 'Je moet het zelf weten, maar je maakt jezelf niet gelukkiger.'

Het constante gevoel van overbodigheid, moeheid en geïsoleerd zijn èn de groeiende afstand tussen haar en Paul, maakte haar steeds neerslachtiger. Paul adviseerde haar naar de huisarts te gaan. Deze gaf haar een doosje tranquillizers en verwees haar, toen hij hoorde hoeveel ze dronk en hoe geïsoleerd ze leefde, door naar een psychotherapeut.

De eerste gesprekken waren niet hoopgevend. Paul wakkerde haar negatieve verwachtingen aan door te zeggen dat ze ook niet te snel resultaat moest verwachten.

'Zoiets kan jaren duren. Therapeuten moeten ook verdienen.'

Hij maakte met een kennis de afspraak dat hij deze Paul thuis zou opbellen voor de titel van een boek. Toen hij gebeld werd, vroeg Carla na afloop van het gesprek wie het was.

'Een kennisje van vroeger,' zei hij. 'We hebben een afspraak gemaakt in een café, om wat bij te praten.'

Ze voelde dat ze Paul aan het kwijtraken was, maar had de energie niet om het allemaal met hem uit te praten. Hij was zo goed gebekt en zou wel weer zeggen dat ze meer nachtrust moest nemen en niet zo veel moest drinken.

Ruim voordat hij voornemens was Carla de laatste psychische klappen toe te dienen die haar depressie in een fataal stadium moesten brengen, loog Paul dat hij vijf dagen naar Rome moest voor een conferentie. Hij koos voor Rome, omdat dat de stad was waar hij de beste herinneringen aan had. Hij had er samen met Mireille menige vakantie doorgebracht en kende het daar als zijn broekzak. Hij zei tegen Carla dat de conferentie als thema *De publicist & internet* had. Het programma was zo overladen dat 's avonds uitgaan uitgesloten was. Meegaan had geen enkele zin. Carla had trouwens helemaal geen behoefte om op reis te gaan. Ze had genoeg aan zichzelf.

De middag voor zijn vertrek naar Rome, ging hij naar de sauna, nam een zonnebankje en ging na het drinken van een glas wijn, op één van de ligstoelen een uurtje liggen slapen. Verkwikt ging hij naar huis. Wat hem betreft, hoefden ze vannacht niet naar bed. Hij was klaar voor de escalatie.

Toen hij de deur van hun appartement open deed, hoorde hij al van verre dat Carla tv zat te kijken. Op de tafel stond een halfvol wijnglas en een fles waar ongeveer twee glazen uit waren geschonken.

'Wat zie jij eruit!' zei Paul. 'Heb je zoveel gedronken?'

'Nee, dit is mijn tweede glas. Ik wist niet hoe laat jij zou komen, dus heb ik alvast wat ingeschonken.'

'Ach ja,' zei hij, 'het is allemaal wat uitgelopen. Ik ontmoette een kennis die zoveel had te vertellen dat de tijd ongemerkt voorbij vloog,' verzon hij.

'Was het een leuk mens?' vroeg ze weinig geïnteresseerd.

'Ja, een biologe van een jaar of dertig. Ze is gepromoveerd op de Afrikaanse neushoorn en had daarvoor veel Afrikaanse landen bezocht. Ze kon heel smakelijk vertellen over de jacht op die hoorns. Veel mannen denken daar nog, dat als je die hoorns vermaalt en dat opeet, je potentie verhoogt.'

'Jouw potentie is tijdens dat interview zeker wel sterk toegenomen?' zei ze plotseling gevat.

'Dat zullen we vanavond wel zien,' zei hij. 'Als je natuurlijk zin hebt. Hoe voel je je eigenlijk?'

'Rot!' zei ze. 'Ik voel me totaal leeg en nutteloos. Jíj gaat aldoor maar weg. Morgen weer naar Rome. Ik zit hier maar alleen. Ik verveel me rot. Waarvoor leef ik? De mensen zien gewoon dat er iets mis is met me. De benedenbuurvrouw vroeg of ik soms ziek was. Zo slechts zie ik eruit! Er is niemand die me nog opzoekt. Niemand mist me.'

'Ga de komende dagen dan eens gezellig naar je vriendinnen. Dan ben je er uit!' zei hij.

'Die zien me aankomen. Ik heb zolang niets van me laten horen.'

'Neem dan lekker een saunaatje, laat je masseren en ga een lange wandeling langs het strand maken. Je genoot altijd zo van het strand. Dan ga je daarna aan de boulevard een hapje eten,' zei hij, terwijl hij wist dat ze nergens zin in had en vrijwel niets at.

'In je eentje zeker!' zei ze. 'Ik ben het zo zat…ik voel me zo waardeloos.'

'Ja, dan weet ik het niet. Als je het helemaal niet ziet zitten, kun je beter een afspraak maken met je therapeut. Misschien ziet hij een opening. Als je wilt, ga ik niet naar dat congres,' gokte hij, nadat hij met zijn zorgvuldig gekozen woorden had laten merken niet op dezelfde golflengte te zitten als zij.

'Ach, nee,' zei ze. 'Jij moet voor je werk. Ik zal me morgen toch wel weer moe voelen.'

'Zal ik dan wat Chinees halen of lust je wat anders?' zei hij.

'Ik heb geen trek. Haal maar wat voor jezelf!'

Het duurde een uur voor hij terug kwam met een loempia en tjaptjoy met Chinese garnalen.

'Waar bleef jij zolang?' vroeg ze.

'Er stond een kennisje van vroeger bij de Chinees en we raakten aan de praat. Zo'n enthousiast jong ding. Ze had zoveel te vertellen over haar werk. Ze was bijna niet te stoppen,' loog hij.

'Wat doet ze dan,' vroeg ze.

'Ze is fotografe en maakt foto's op modeshows voor allerlei mode- en vrouwenbladen. Ik zal het wel eens laten zien als ik er één zie staan in een blad.'

'Moet je echt niets?' zei hij, toen hij het aluminiumfolie verwijderde en de drie plastic bakjes op de tafel uitstalde.

'Nee, ik heb geen trek. Ik word al misselijk van de lucht alleen.'

Paul genoot van zijn loempia en tjaptjoy. Als hij niet al te veel honger had, koos hij meestal dit. Hij vond dit luchtiger en lekkerder dan nasi goreng of babi pangang. Daar kon je soms ineens teveel van eten als je honger had.

'Wat zullen we doen vanavond,' zei hij. 'We kunnen naar de late film gaan. In Tuschinski draait *Zwartboek*; moet een goede film zijn. We kunnen ook thuis blijven, wat kletsen, tv kijken, jouw fles verder leeg drinken of meteen naar bed gaan en lekker vrijen als je zin hebt.'

'Laten we maar thuis blijven.'

'Oké!' zei hij en vulde haar glas bij en zijn glas vol en zei bewust een tijd niets, terwijl hij voor zich uitstaarde.

'Waar denk je aan?' zei ze na enige minuten stilte.

Paul dacht: Dit is een goede gelegenheid om alles te zeggen, wat ik vanavond toch wou zeggen. Hij ging naast haar zitten op de bank en zei:

'Ik denk aan jou. Dat het zo vervelend is dat ik morgen wegga en dat jij in zo'n vicieuze cirkel met allerlei depressieve gevoelens achterblijft. Ik vraag me af hoe je daar uit moet komen. Je wordt steeds pessimistischer en je verliest je interesse in alles. Dit kan zo niet langer doorgaan. Dit wordt een hel voor je. Onze relatie komt steeds meer op scherp te staan. Je moet proberen de spiraal te doorbreken. Probeer iets aan jezelf te doen. Ga een cursus doen of een studie volgen, of iets anders.'

'Ja,' zei ze zachtjes. 'Misschien helpt dat,' en legde haar hoofd op zijn schouder en keek hem met betraande ogen wanhopig aan. Paul hield zijn rechterarm los om haar schouder en streelde gemanierd met zijn vingers van zijn linkerhand door haar krullen, terwijl hij zijn mond tegen haar hoofd tuitte en ritmisch, maar luchtigjes kuste. Lange tijd zaten ze beiden zo te denken. Hij zei: 'Waar denk jij aan?'

'Aan van alles en nog wat. Ik weet niet wat er met me aan de hand is. Ik heb niet eens zin om mezelf in beweging te brengen.'

'Zou het een vroege overgang kunnen zijn?' vroeg hij. 'Nog een paar jaar en dan ben je vijftig. Je leest vaak dat sommige vrouwen dan allerlei vage klachten hebben. Misschien heb jij dat nu al.'

'Ik hoop het niet,' zei ze. 'Dan zit je al gauw met een oude vrouw opgescheept.'

'Ben je gek. Het is misschien allemaal tijdelijk. Over enkele maanden ben je weer helemaal de oude. Kijk eens naar Tina Turner en Willeke Alberti. Die zijn beiden al zestig geweest!'

Carla zuchtte. Ze dronken nog enkele glazen wijn. Paul keek tv en Carla knikkebolde. Om drie uur zei hij: 'Zullen we naar bed gaan? Het is al over drieën.'

'Ja,' zei ze en kwam langzaam overeind.

Paul poetste snel zijn tanden, waste zich en leidde Carla met zijn arm om haar middel naar hun bed.

'Als je nog zin hebt om te vrijen, moet je het zeggen,' zei hij.

'Nee,' zei ze. 'Ik ben doodmoe. Ik kan niet meer.'

'Kom lekker met je hoofd op mijn borst liggen, dan slaap je sneller.' Hij kuste haar welterusten en constateerde dat het feitelijke aftellen over enkele uren zou beginnen.

9a. Amsterdam/Rome

De wekker liep af. Zeven uur. Paul douchte zich en deed een vleugje Davidoff aftershave op zijn hals. Het was het geurtje van Carla's overleden man. Hij had de flacon in haar badkamer zien staan toen hij de eerste nacht met haar naar bed was geweest. Speciaal voor vanochtend had hij er ook één gekocht. De geur zou – zo hoopte hij – bij zijn vertrek een diffuus gevoel bij haar oproepen van verloren gegaan geluk, definitief afscheid en bijgevolg verwarring. Om geen enkele mogelijkheid onbenut te laten had hij in alle vroegte ook nog één van de twee tl-lampen boven het granieten aanrecht onklaar gemaakt, zodat de woonkeuken er in één keer naargeestig uitzag. Alleen dat al moest een mens depressief maken.

Ze ontbeten samen en zeiden weinig. Carla zag vaalbleek. Ze dronk een slokje rooibosthee en zei slapjes: 'Denk je als je weg bent nog aan me?'

'Natuurlijk denk ik aan je. Ik bel je elke avond om elf uur. Dat beloof ik!'

Hij had de taxi om half negen besteld. Het was bijna zover. Paul trok zijn burberry trenchcoat aan, pakte zijn laptop en schoudertas, liep naar haar toe en sloeg zijn rechterarm nog losser dan voorheen om haar schouder.

'Je weet het. Als er iets is, kun je me altijd bellen!' zei hij en keek haar bewust indringend en koel aan. 'Ik moet gaan. Je hebt het telefoonnummer van mijn hotel. Vanaf vier uur ben ik er, denk ik. Mijn mobieltje laat ik hier. Heeft geen zin om mee te nemen. In het vliegtuig mag hij niet aan en tijdens de conferentie ook niet. Doe rustig aan en beloof me dat je goed voor jezelf zorgt.'

Ze knikte amper, keek hem met verdrietige ogen aan en legde haar hoofd tegen zijn borst.

'Blijf nu niet de hele ochtend in bed liggen. Haal vandaag nog even onze papieren uit de auto. Er wordt weer veel ingebroken, las ik van de week. Ga ook eens langs je vriendinnen. Maak er een paar fijne dagen van,' zei hij alsof er helemaal niets aan de hand was, zodat zij zich nog meer onbegrepen en geestelijk geïsoleerd zou voelen.

'Wat is er toch met ons gebeurd?' snikte ze ineens. 'We hadden het goed samen en nu voel ik me al weken depressief en schuldig. Het is net alsof het nooit meer wordt als vroeger. We leven helemaal langs elkaar heen.'

Hij liet haar los, krabde met de wijsvinger van zijn rechterhand over de zijkant van zijn hals en zei rustig en beslist: 'Je hebt het allemaal zelf in de hand. Een ander kan het voor jou niet oplossen. Jij alleen kunt jezelf veranderen. Probeer je gevoelens van onmacht om te zetten in macht. Alleen dan red je het!'

De bel ging. De taxi was er. Hij kuste haar vluchtig op de mond en trok de deur met een klap achter zich dicht. Carla bleef verslagen achter.

Hij stapte in de taxi en liet zich voor het Centraal Station afzetten. Daar haalde hij een pas gekochte grijze muts uit zijn binnenzak, trok die over zijn blonde krullen, zette een grote zonnebril op en deed zijn laptop en schoudertas in een grote plastic draagtas. Hij wachtte een paar minuten, keek goed om zich heen of er toevallig ook bekenden te zien waren en wandelde naar de voorste auto op de taxistandplaats.

Hij liet zich terugrijden naar de straat achter hun huis. Licht gebogen ging hij op zoek naar hun auto. Carla had hem gisteren – op zijn verzoek – voor het laatst gebruikt. Hij had haar gevraagd hun auto op een andere parkeerplaats te zetten omdat, verzon hij, op de plaats waar hij de laatste tijd stond 's avonds veel hangjongeren aan het klieren waren.

'Voor je het weet breken ze je spiegel eraf of beschadigen ze de lak!' had hij gezegd. 'Als jij hem even verplaatst, kan ik mijn artikel afmaken. Ben ik gelijk met jou klaar!'

Zonder iets te zeggen en luid zuchtend had ze het gedaan, niet wetend dat ze haar eigen ellende van de volgende dag aan het regelen was.

Ongeveer driehonderd meter van hun huis, zag hij hun auto staan. Hij keek goed om zich heen of er soms mensen waren die hem zagen, opende hem snel, stapte vlug in en reed richting Schiphol. Hij volgde de borden 'P lang parkeren', trok een parkeerkaartje en zette zijn auto op een afgelegen plek, ver van de ingang. Hij pakte zijn eigen autopapieren uit het dashboardkastje, legde het parkeerkaartje goed zichtbaar op de rechterstoel, haalde een bijgemaakte autosleutel uit zijn binnenzak, stak die in het startslot, draaide vervolgens het linkerraam half open en deed de deur niet op slot. Met de pendelbus reed hij naar de vertrekhal. Het was half elf. Ruim op tijd.

Carla zou over enkele uren de autopapieren gaan halen, hun auto niet vinden en denken dat hij gestolen was. Ze had hem met de taxi weg zien gaan en zou nooit op de gedachte komen dat hij hun auto op Schiphol had neergezet, op een plek waar hij veel kans liep om gestolen te worden. Ze zou eerst gaan twijfelen over de plaats waar ze hem neergezet had en zich vervolgens afvragen of ze hem de dag ervoor soms vergeten had op slot te doen. Dan zou ze zich bewust worden dat de auto echt gestolen was, dacht hij glimlachend. Dat het háár nu net weer moest overkomen, zou ze denken. Een andere auto huren was niet mogelijk, want haar rijbewijs zat in de auto. Haar vroegere vriendinnen en familie zou ze niet bellen. Daar voelde ze zich te beroerd voor. Bovendien zou ze helemaal geen zin hebben om haar hele hebben en houden te vertellen. Ze zou dat een vreselijke afgang vinden. Dus zou ze hem zo snel mogelijk in Rome proberen te bereiken om te vragen wat te doen. Dat was het moment dat hij haar de volgende psychische klap zou gaan verkopen. Hij keek er reikhalzend naar uit.

Paul had een escortservice in Rome gebeld en voor vijf dagen een knappe Italiaanse van ongeveer tweeëntwintig besteld die redelijk Engels moest spreken. Heel bewust had hij gezegd dat ze tweeëntwintig moest zijn, want hij wilde per se een jonge verschijning, zodat ze dat bij de receptie door zouden geven als Carla zou bellen. Hij wist niet zeker wanneer ze zou bellen. Hij had haar gezegd hoe laat hij ongeveer in het hotel zou aankomen. Hoe laat ze zou bellen wist hij natuurlijk niet. Vermoedelijk om een uur of vier. Langer zou ze niet kunnen wachten.

Hij had de Italiaanse om acht minuten voor half vier op zijn kamer besteld. Men begreep dan meteen dat hij van precieze afspraken hield. Hij had het escortbureau de opdracht gegeven dat zij zich bij de receptie van het hotel moest voorstellen als zijn echtgenote, onder de naam van Angela Minnelli. Om elk misverstand te voorkomen, stelde hij zelf de receptie van het hotel ook op de hoogte van haar komst.

Om drie uur stopte zijn taxi voor het hotel. Om acht voor half vier klopte 'Angela Minnelli' op zijn deur. Het was een echte Italiaanse schoonheid, met een iets te scherp getekend gezicht, gedistingeerd opgemaakt, sensuele lippen, een ranke hals, golvend donker haar en een slanke taille. Ze was gekleed in een donkerblauw mantelpakje met een rok van beschaafde lengte en lange benen, die door de goed gevormde kuiten haar mooie verschijning accentueerden. Over haar arm hing een zwarte lakjas. Ze vroeg wat de bedoeling was. Paul zei haar dat hij morgen met haar naar de Galleria Nazionale d'Arte Moderna wilde. Nu vond hij het te laat. Hij wilde nog even zijn benen strekken in de Via Condotti en daarna samen wat eten in een ristorante op het Piazza della Republica, waar hij goede herinneringen aan had uit zijn Nijmeegse studententijd. Samen met zijn eerste grote liefde Mireille had hij daar een paar keer gegeten en tussen de grote zuilen vele lekkere cappuccino's gedronken.

Om kwart voor vier vertrokken ze. Paul zei bij de receptie dat het laat zou worden voordat ze terug zouden zijn. Als er een vrouw zou bellen die naar hem vroeg en zou zeggen dat ze zijn echtgenote was, was dat zijn oude jaloerse ex, die hem nog steeds lastig viel tijdens zijn vakanties. Ze moesten dan gewoon maar zeggen, dat hij met zijn jonge Italiaanse echtgenote uit eten was en dat ze pas laat zouden terugkomen.

Binnen een kwartier waren ze met de taxi in de Via Condotti. Angela gaf hem heel vanzelfsprekend een arm toen ze daar gingen wandelen. Hij besefte terdege dat anderen zagen dat hij niet met zijn eigen vrouw op stap was. Zelf zag en hoorde hij ook meteen wanneer iemand anders vreemd ging. Het zou wel heel toevallig zijn als een bekende hen hier samen zou zien. Voor zijn plannen maakte dat trouwens niets uit, dacht hij vol zelfvertrouwen. Voorzichtig hoefde hij nu niet te zijn.

Ze beklommen de Spaanse trappen, liepen enkele van de vele sjieke zaken in en keken naar al het moois. Hij kocht voor zichzelf een horloge van Italiaans design, gooide zijn vertrouwde Swatch in een afvalbak en gaf Angela een dure parfum. Hij beschouwde het als onvermijdelijke bedrijfskosten.

Carla zou nu wel gebeld hebben naar zijn hotel, dacht hij om kwart over vier. Ze zou te horen hebben gekregen dat hij er met zijn jonge Italiaanse echtgenote vandoor was. Haar wereld zou nu één doffe ellende zijn. Daar kon hij niet mee zitten. Er zaten veel meer mensen in beklagenswaardige omstandigheden. Bovendien was haar ellende onderdeel van een omvattend plan, dat hem uit zijn financiële problemen zou halen. Ze waren eigenlijk een soort communicerende vaten, constateerde hij, die in het verleden gevuld waren met geld van Karel.

Vanavond na elven zou hij haar bellen en net doen alsof er niets aan de hand was. Als ze hem dan zou beschuldigen of zou doorvragen, zou hij eerlijk zeggen dat hij haar problemen niet meer aankon en gekozen had voor een jongere vrouw. Na half twaalf kon ze moeilijk nog oude vriendinnen gaan bellen met wie ze alle contacten had laten verwateren. Haar therapeut zou ze niet kunnen bereiken. Die zou op dat tijdstip alleen een antwoordapparaat hebben aanstaan. De drank waarin ze haar toevlucht zou zoeken, zou haar alleen maar neerslachtiger maken. Haar depressiviteit zou nog extra versterkt worden, doordat hij drie dagen geleden gestopt was met haar de dagelijkse dosis diazepam toe te dienen. Alle factoren voor suïcide waren dan vervuld. Hij had haar zelfs laten zien hoe ze dat moest doen. Een paar maanden geleden had hij – na het vervangen van een volle afvalzak – gezegd: 'Kijk lieverd, zo doe ik het als ik oud en der dagen zat ben!'

Lachend had hij een zak uit het keukenkastje gepakt, over

zijn hoofd getrokken en dichtgetaped om zijn nek.

'Get, bah...hou op!' reageerde ze toen met een verschrikt gezicht.

Hij had de tape en de zak meteen van zijn hoofd gescheurd. 'Grapje!' geroepen en haar meteen stevig omarmd en op de mond gekust. Dat voorbeeld was ze heus niet vergeten.

Morgen op zijn vroegst zou men – als zijn plan zou lopen zoals hij hoopte – hem bellen en zeggen dat er iets vreselijks gebeurd was. Evengoed kon het nog enkele dagen langer duren.

Paul en Angela liepen naar het Piazza della Republica. Hij zag dat het er minder sjiek uitzag dan hij gedacht had. Misschien kwam dat wel omdat de gedachte aan Mireille de herinneringen mooier gekleurd had dan de werkelijkheid ooit geweest was. De zuilen waren grauw, de marmeren vloertegels vies en het eten niet bijzonder. Alleen de wijn en de cappuccino's smaakten nog steeds goed. Het gesprek met Angela verliep stroef. Dat lag niet aan haar maar aan hem, besefte hij. Zijn gedachten waren te veel bij Carla.

Om tien voor half twaalf belde Paul haar vanuit zijn hotelkamer. Haar reactie was nog triester dan hij had ingeschat. Ze had – toen ze hem 's middags geprobeerd had in zijn hotel te bereiken – inderdaad te horen gekregen, dat hij met zijn jonge vrouw aan het winkelen was en dat ze samen laat zouden terugkomen. Ze huilde heel intens en verweet zichzelf het vastlopen van hun relatie. Ze smeekte hem om het na deze week nog eens met haar te proberen. Ze zou hem alles vergeven en doen wat ze maar kon, om het voor hen samen beter te maken. Ze zou extra therapie nemen en onmiddellijk stoppen met drinken.

Paul hoorde haar rustig aan en zei resoluut dat hij geen

geloof in haar verbetering had en dat depressies met zulke symptomen alleen maar erger zouden worden. Hij had eens een vriend gehad – loog hij – die van zijn veertigste tot zijn vijfenveertigste depressief was geweest. Zijn vrouw was er bijna aan onderdoor gegaan. Uiteindelijk had die vriend een eind aan zijn leven gemaakt. Juist om zijn vrouw. Ik zie het allemaal niet zo positief,' zei hij. 'Ik wil geen valse hoop wekken! Ik vind het heel moeilijk om te zeggen, maar het is voor ons beiden het beste om een eind aan onze relatie te maken!' Hij kon zich nog maar net inhouden om niet te zeggen 'en ook aan jezelf.'

'Hoe moet het dan met mij?' snikte ze.

'We gaan volgende week als goede vrienden uit elkaar. We regelen alles netjes en gaan dan ieder onze eigen weg,' zei hij. 'Dat is het beste voor jou en mij!'

Ze snikte en kwam niet meer uit haar woorden.

Paul zei op besliste toon: 'Ik moet stoppen. Anders zit Angela te lang alleen. Sterkte en tot volgende week. De feiten liggen nu eenmaal zo. Iets anders zeggen, zou niet eerlijk zijn.'

Hij keerde zich om naar Angela en zei: 'Sorry, maar er waren complicaties op de zaak. Laten we een fles champagne bestellen en dan snel naar bed.'

Ze vond het allang best. Van de Nederlandse mannen had ze geen hoge pet op. Burgerlijke softies waren het die niet los konden komen van hun werk en hun vrouw.

Tot nu toe loopt alles volgens plan, dacht Paul en hij ontkurkte de fles. Hij schonk voor elk een glas in, hief zijn glas in de richting van Angela en schrok van de blik in haar ogen. Het was precies de blik van zijn moeder bij het lijk van zijn vader: onderzoekend en verwijtend. Geen warmte in te herkennen.

9b. Amsterdam/Rome

De wekker liep af. Zeven uur. Paul douchte zich en deed een vleugje Davidoff aftershave op zijn hals. Het was het geurtje van Carla's overleden man. Hij had de flacon in haar badkamer zien staan toen hij de eerste nacht met haar naar bed was geweest. Speciaal voor vanochtend had hij er ook één gekocht. De geur zou – zo hoopte hij – bij zijn vertrek een diffuus gevoel bij haar oproepen van verloren gegaan geluk, definitief afscheid en bijgevolg verwarring. Om geen enkele mogelijkheid onbenut te laten had hij in alle vroegte ook nog één van de twee tl-lampen boven het granieten aanrecht onklaar gemaakt, zodat de woonkeuken er in één keer naargeestig uitzag. Alleen dat al moest een mens depressief maken.

Ze ontbeten samen en zeiden weinig. Carla zag vaalbleek. Ze dronk een slokje rooibosthee en zei slapjes: 'Denk je als je weg bent nog aan me?'

'Natuurlijk denk ik aan je. Ik bel je elke avond om elf uur. Dat beloof ik!'

Hij had de taxi om half negen besteld. Het was bijna zover. Paul trok zijn burberry trenchcoat aan, pakte zijn laptop en schoudertas, liep naar haar toe en sloeg zijn rechterarm nog losser dan voorheen om haar schouder.

'Je weet het. Als er iets is, kun je me altijd bellen!' zei hij en keek haar bewust indringend en koel aan. 'Ik moet gaan. Je hebt het telefoonnummer van mijn hotel. Vanaf vier uur ben ik er, denk ik. Mijn mobieltje laat ik hier. Heeft geen zin om mee te nemen. In het vliegtuig mag hij niet aan en tijdens de conferentie ook niet. Doe rustig aan en beloof me dat je goed voor jezelf zorgt.'

Ze knikte amper, keek hem met verdrietige ogen aan en legde haar hoofd tegen zijn borst.

'Blijf nu niet de hele ochtend in bed liggen. Haal vandaag nog even onze papieren uit de auto. Er wordt weer veel ingebroken, las ik van de week. Ga ook eens langs je vriendinnen. Maak er een paar fijne dagen van,' zei hij alsof er helemaal niets aan de hand was, zodat zij zich nog meer onbegrepen en geestelijk geïsoleerd zou voelen.

'Wat is er toch met ons gebeurd?' snikte ze ineens. 'We hadden het goed samen en nu voel ik me al weken depressief en schuldig. Het is net alsof het nooit meer wordt als vroeger. We leven helemaal langs elkaar heen.'

Hij liet haar los, krabde met de wijsvinger van zijn rechterhand over de zijkant van zijn hals en zei rustig en beslist: 'Je hebt het allemaal zelf in de hand. Een ander kan het voor jou niet oplossen. Jij alleen kunt jezelf veranderen. Probeer je gevoelens van onmacht om te zetten in macht. Alleen dan red je het!'

De bel ging. De taxi was er. Hij kuste haar vluchtig op de mond en trok de deur met een klap achter zich dicht. Carla bleef verslagen achter.

Ze voelde zich hard op haar ziel getrapt. IJskoud zeggen dat ze er een paar fijne dagen van moest maken! Had hij dan geen enkele notie hoe zij zich voelde? Voelde hij überhaupt wel iets?

Tijdens het gesprek zoëven had een onbehaaglijk gevoel zich van haar meester gemaakt. Wat was er toch? Ineens wist ze het. Het was de aftershave die ze geroken had. Het was de geur van Karel na het douchen. Hoe kon dat nou? Die had Paul toch niet! Gebruikte hij ook Davidoff? Ze rende naar de badkamer maar vond niets. Wat betekende dat? Was het toeval of was het een bewuste keus van hem? Maar waarom? Ze moest aan de eerste keer denken dat Paul bij haar thuis kwam in Amstelveen. Hij rook meteen welke roos het was die naast de voordeur stond te bloeien. Iemand die zo bewust is van geuren, stapt toch niet zonder reden zomaar over op een andere aftershave.

Ze was helemaal niet zo'n vrouw van geurtjes, maar hier was iets vreemds aan de hand. Het was of die geur haar terugvoerde naar haar verleden. Ze kreeg hetzelfde soort gevoel als toen ze op de basisschool door dat rotjoch uitgescholden werd voor 'dikkont'. Dat had ze ook niet over zich heen laten gaan.

Ze rende naar het raam, maar de taxi was natuurlijk al weg. Was hij eigenlijk wel naar Rome? Ze belde de taxicentrale en vroeg waar de taxi die hem opgehaald had, heen was?

'Centraal Station,' zei de telefoniste.

Nu wilde ze wel eens precies weten wat er allemaal gaande was Ze kleedde zich als een bezetene aan, rende naar hun auto en schrok zich wezenloos. Precies wat Paul gezegd had, gebeurde: iemand was bezig hun auto te stelen. Ze rende erop af maar sprong halverwege snel achter een volkswagenbus. Het was Paul die er in hun auto vandoor ging! Wat was hier aan de hand? Waarom had hij een grijze muts op? Ze snapte er niets van.

Ze keek om zich heen, zag een jongeman naar zijn auto lopen en rende op hem af.

'Kunt u me helpen? Ze stelen mijn auto. Ik wil hen volgen. Al mijn papieren zitten erin. Ik zal u royaal betalen!'

De man keek haar verbaasd en onderzoekend aan, deed zijn auto open en zei: 'Stap in! Dan kijken we of het lukt!'

Het werd geen actiefilm. Paul stopte netjes voor ieder stoplicht en reed rustig de stad uit richting Schiphol. Op het parkeerterrein liet ze zich een paar honderd meter van Paul afzetten, gaf de verbaasde jongeman honderd euro en zei het zelf verder met de Schipholpolitie te regelen. Haar auto had ze in elk geval terug. Hopelijk kwam ze nu ook iets meer te weten over wat er allemaal gaande was.

Ze stelde zich verdekt op en wachtte tot hij met de pendelbus naar de vertrekbalie zou gaan. Wat had dit allemaal te betekenen? vroeg ze zich af. Ze kon er geen touw aan vastknopen. Tot haar grote verbazing was de auto niet op slot, stond het linkerraam half open en stak een sleutel in het slot. Zelfs het parkeerkaartje lag op de stoel. Dit kon geen toeval zijn. Dit leek gepland. Haar papieren had hij niet eens meegenomen. Waarvoor dit alles? Een klein uur geleden had hij nog gezegd dat ze de autopapieren moest pakken om te voorkomen dat die gestolen zouden worden. Als hun auto door een dief gestolen was geworden, zou ze daar een behoorlijke kater van hebben gehad. Nergens zou ze heen hebben gekund en ze zou hebben gedacht dat het allemaal aan haarzelf lag. Glashard had hij gezegd: 'Ga naar je vriendinnen, maak er een leuke dag van'. Wat een gemene rotzak! Hij had haar een loer willen draaien en het allemaal zo gepland dat zij gedacht zou hebben dat hun auto gestolen was. Hij wilde dat ze zich nog ellendiger zou gaan voelen en hem zou bellen om te vragen wat ze moest doen zonder auto en zonder rijbewijs. Wat zat daar achter? Ze besloot hem gewoon te bellen om vier uur. Net zoals ze anders zou hebben gedaan. Kijken hoe hij zou reageren. Misschien kwam ze zo meer te weten. Ze reed met hun auto naar huis maar kocht eerst nog een microcassette-recorder, zodat ze alles kon vastleggen. Ze was zo nieuwsgierig geworden naar het hoe en wat dat ze bijna niet kon wachten met opbellen.

Precies om vier uur belde ze zijn hotel. Ze vertelde dat ze haar man aan de lijn wilde hebben maar kreeg heel afgemeten van de receptioniste te horen dat Paul met zijn jonge Italiaanse echtgenote buiten het hotel aan het dineren was en pas laat zou terugkomen. Wat een berekenend loeder, dacht ze. Dit wilde hij haar natuurlijk precies zo laten weten. Waarom en hoe alles in elkaar zat, wist ze nog steeds niet, maar daar zou ze snel achterkomen. Eerst maar eens zijn telefoontje van elf uur afwachten. Wat zou hij zeggen? Hoe moest zij daarop reageren? Ze was nu al furieus. De adrenaline steeg, haar energie nam toe en ze voelde zich alerter worden.

Om tien voor half twaalf belde Paul.

Ze had water in haar neus gesnoven, hield een tissue voor haar neus en probeerde zo natuurgetrouw mogelijk te snikken. Ze had alles wat ze zeggen wilde op papier geschreven, met de snikken tussen haakjes erbij. Ze vertelde met horten en stoten dat ze hem 's middags geprobeerd had in zijn hotel te bereiken. Ze nam even de tijd om nog luider te snikken en haar neus op te halen en zei dat de receptioniste haar verteld had, dat hij met zijn jonge echtgenote aan het winkelen was. Ze probeerde zo intens mogelijk te huilen en zei: 'Het zal allemaal wel aan mij liggen. Ik voel me al een tijd beroerd en depressief. Ik zal extra therapie nemen en stoppen met drinken. Laten we het samen nog één keer proberen. Ik zal alles doen wat jij wilt!'

'Ik geloof daar helemaal niet meer in,' zei hij bot. 'Depressies met zulke symptomen worden alleen maar erger. Ik heb een vriend gehad die van zijn veertigste tot zijn vijfenveertigste depressief was geweest. Zijn vrouw ging er bijna aan onderdoor. Daar leed mijn vriend ook erg onder. Uiteindelijk heeft hij een eind aan zijn leven gemaakt juist om zijn vrouw. Ik zie het allemaal niet zo positief.' zei hij. 'Ik wil geen valse hoop wekken! Ik vind het heel moeilijk om te zeggen, maar het is het beste voor jou en mij!'

'Hoe moet het dan met mij?' snikte ze. 'Watte…wat moet ik?' *(snikken + snotteren + wartaal…stond er op haar papier)*.

'We gaan volgende week als goede vrienden uit elkaar. We regelen alles netjes en gaan dan ieder onze eigen weg. Dat is het beste voor allebei!'

Ze huilde met grote uithalen en kwam niet meer uit haar woorden. Hier kon ze niet meer tegen. Dat mensen zover konden zakken. Totaal geen compassie. Ze was ook woedend op zichzelf. Dat ik met zo iemand getrouwd ben geweest, dacht ze. Hoe bestaat het?

Ze huilde en snotterde nu echt *(op haar papier stond niets)*.

Paul zei: 'Ik moet stoppen. Anders zit Angela te lang alleen. Sterkte en tot volgende week. De feiten liggen nu eenmaal zo. Iets anders zeggen, zou niet eerlijk zijn.'

Dat was het dan! Dacht ze bij zichzelf en zette trillend van woede het opnameapparaat uit. Bij vertrek had hij nog heel schijnheilig gezegd: 'Je hebt het allemaal zelf in de hand. Een ander kan het voor jou niet oplossen. Jij alleen kunt jezelf veranderen. Probeer je gevoelens van onmacht om te zetten in macht. Alleen dan red je het!'. Amper veertien uur later, durfde diezelfde klootzak vanuit Rome te bellen dat hij geen geloof in haar verbetering had en dat depressies met zulke symptomen alleen maar erger zouden worden.

Het was helemaal geen kwestie van geloven. Hij wílde helemaal géén verbetering! dacht ze ineens. Razend werd ze. Wat dacht hij hiermee te bereiken? Ze pakte het bronzen beeld – waar hij zo trots op was – en wierp het met alle macht dwars door het raam de straat op. Glasscherven vlogen in het rond gevolgd door gerinkel, geschreeuw en gebonk op de voordeur. Ze rende naar beneden en riep: 'Ik kom er al aan. Stil maar!'

Een jongeman en jonge vrouw stonden met dreigende blikken in de deuropening.

'We hadden verdomme hartstikke dood kunnen zijn! Wat is hier allemaal aan de hand? Dat gaat je geld kosten! Onze auto is zwaar beschadigd,' schreeuwde de man.

'Oké, oké, het is allemaal mijn schuld. We hadden ruzie. Ik was woedend. Mijn man heeft mij besodemieterd. Ik zal alles betalen. Kom binnen, dan regelen we het!' zei ze. 'Sorry… sorry! Het spijt me vreselijk!'

De uitbarsting, het gesprek met de twee gedupeerden en de schriftelijke verklaring die ze met hun drieën opstelden over de door Carla te vergoeden schade, tilden haar boven haar gevoelens van onmacht uit. Het was alsof ze met het bronzen beeld haar lethargie naar buiten had geworpen en ingeruild had voor een beginnende zeggenschap over haar eigen situatie.

Als in een ritueel van enkele fasen, was ze letterlijk uit haar depressie naar buiten getreden. Ze voelde zich voor het eerst na lange tijd weer bewust worden van zichzelf en merkte weer vat te krijgen op haar eigen leven. Ze nam een douche, belde een vriendin van vroeger en vertelde haar belevenissen van de afgelopen maanden. Haar vriendin liet haar uitpraten tot

Carla zelf een einde aan het gesprek maakte, haar bedankte en een afspraak maakte voor het weekend.

Ze ging naar bed en viel als een blok in slaap.

Het eerste wat ze 's morgens deed, was naar haar bank gaan en de en/of rekening blokkeren. Daarna reed ze langs een computerfirma die in het verleden veel opdrachten had uitgevoerd voor Karel. Op advies van één van hun medewerkers belde ze een bekend data-recovery bedrijf in Amsterdam dat gespecialiseerd was in het terughalen van data. Ze vroeg de computer van Paul zo snel mogelijk binnenstebuiten te keren en alles wat er ooit op internet bekeken was of middels e-mail en tekstverwerking op had gestaan, aan haar te overhandigen.

'Het mag best wat kosten, want ik vermoed een misdrijf,' zei ze tegen de beveiligingsdeskundige.

'We komen hem meteen halen, mevrouw en geven u zo snel mogelijk alles wat we vinden op een paar schijfjes.'

De volgende dag leverden ze de computer en de dvd's met alles erop bij haar af en begon zij haar speurtocht door de duizenden pagina's. Ze had na lange tijd weer eens profijt van haar vroegere baan als secretaresse van Karel. Snel skimmend bepaalde ze of iets de moeite waard was uitgeprint te worden of niet. Ze zapte door de brieven, manuscripten, lijsten en memo's heen. Brieven, lijsten met namen van medicijnen, memo's en boekbestellingen van bol.com en scheltema.nl, printte ze uit om later te beoordelen. Ineens veerde ze op. Wat las ze daar?

Ondernemingsplan: *Jongeman zoekt vrouw van circa 40*
Ademloos las ze wat er onder getypt stond:

1. Wat voor type vrouw?
2. Waar ontmoet je die?

3. Hoe bind je haar aan je?
4. Hoe krijg je d'r geld?
5. Hoe breng je haar tot suïcide?

Dit was wat ze zocht. Wat een gemeen kreng was hij. Hun hele relatie was door hem voorgeprogrammeerd. Toen ze de titels van de geleverde boeken naliep, besefte ze dat ze als een schaakstuk vakje voor vakje door hem verplaatst was tot ze in een zware depressie geëindigd was en nu eigenlijk suïcide hoorde te plegen. Wat een geraffineerde schoft. Ze zocht verder en las de pagina's met tientallen medicijnbeschrijvingen van jaren geleden. Zou hij de dood van zijn moeder ook op zijn geweten hebben? Hoe langer ze erover nadacht, hoe meer ze ervan overtuigd raakte, dat hij zijn moeder vermoord had. Hij was gewoon een gewetenloze killer. Was ze getrouwd geweest met een psychopaat? Moest ze dit allemaal aan gaan geven bij de politie? Feitelijke bewijzen waren dit natuurlijk niet. Ze had totaal geen zin om die formele weg te volgen en daar energie in te steken. Hij zou toch alles ontkennen en veel negatiefs over haar naar buiten brengen. Zijn advocaten zouden haar keihard ondervragen en proberen haar onderuit te halen. Tegen dat slag mensen was ze helemaal niet opgewassen. Liefst bracht ze hem zelf om. Dat kon natuurlijk niet. Dan was haar leven pas echt verpest. Bovendien zou haar geweten het niet toelaten als ze dat echt wilde uitvoeren. Ze wilde een streep onder dit stuk verleden zetten en haar energie gaan gebruiken voor positievere zaken. De vraag was echter hoe ze hem te pakken kon nemen zonder in een jarenlange procesgang weer aan hem gekoppeld te worden?

Ze hoefde niet lang na te denken. Hij hoefde niet te weten wat ze allemaal wel en niet wist en wat ze wel of niet ging doen. Hij was haar tijd niet meer waard. Ze ging achter haar laptop zitten en schreef hem een kort en duidelijk mailtje:

Paul,

Je laatste woorden bij vertrek: 'Probeer je gevoelens van onmacht om te zetten in macht. Dan red je het!' waren juist!
Ik heb meteen de en/of rekening en je creditcards laten blokkeren en je computer door een gespecialiseerd bedrijf laten onderzoeken.
Alles wat ooit door jou bekeken, besteld of geschreven is, heb ik nu op enkele dvd's in mijn bezit.
Het verband tussen de moord op je moeder en jouw plannen met mij, waren heel interessant om te lezen.
De poging om mij tot suïcide te brengen (stap 5 van je ondernemingsplan) is niet gelukt.
Advies: Kom niet teug in Nederland. Dat scheelt jou een lange tijd voorarrest en ons beiden een hoop tijd in en buiten de rechtszaal.
Ter informatie: kopieën van dit mailtje plus de dvd's heb ik overhandigd aan justitie, een advocaat en enkele vrienden. Een lange ballingschap toegewenst!

Carla.

190